惜别

［日］太宰治 著

何青鹏 译

中国出版集团 现代出版社

目录

惜　别……………………001

《惜别》之意图……………147

眉　山……………………153

雪夜故事…………………169

樱　桃……………………179

香鱼千金…………………191

惜別

这是在日本东北地区^①某村行医的一位老医师的手记。

前些日子,一位脸色欠佳、胡须丛生的中年男人前来找我。他自称是地方报社的记者。

"听说您毕业于东北帝国大学医学部前身的仙台医专,对吗?"他问我。我点头称是。

"您是明治三十七年入学的?"记者从胸前的口袋里拿出一个小小的记事本,急急忙忙地翻找着。

"确实,我记得是那阵子的事情。"记者那副莫名的紧张态度,弄得我也不安起来。坦率地说,自始至终,我们的谈

---

① 日本东北地区,主要指日本本州岛的北部,包括青森、岩手、秋田、山形、宫城县、福岛六县。——译者注

话都不太愉快。

"那就太好啦。"记者黑黝黝的脸上现出一丝微笑。"这么说来，你一定认识这个人。"他语调里透出的那种强硬的判断口吻简直令人瞠目结舌。他打开记事本，伸到我的鼻子前面。打开的那一页上，用铅笔写着大大的三个字：

周树人。

"我认识他。"

"对吧。"记者一脸得意。"他与你是同级生嘛，后来成了中国的大文豪，以鲁迅的笔名示人。"他的语气里有些许兴奋，脸也略微红了起来。

"这件事情我也知道。不过，即使那位周先生没有名扬四海，我依然十分尊敬他，我尊敬的只是那个与我一同在仙台求学游玩时的周君。"

"啊？"记者吃了一惊，眼睛都瞪圆了。"年轻的时候就这么了不起吗？真是所谓的天才呢。"

"不，并不是这么回事。通俗一点说就是，这位周先生是个善良淳朴的人，是个真正的好人。"

"此话怎讲？具体表现在哪里呢？"记者凑了过来，似乎对此很感兴趣。"其实，我是读了鲁迅一篇题为《藤野先生》的随笔才知道的。他在明治三十七八年时，也就是日俄战争时期，曾在仙台医专待过，得到过一位老师的关照。这位老师叫藤野严九郎……写的就是这么个事情。现在，我想在我们报纸的正月初刊上做一篇报道，关于这则日清亲善美谈的。听说您那时正好也就读于仙台医专，于是就前来拜访了。那时的鲁迅，究竟是怎样的一个人呢？是不是面色苍白，一脸忧郁的表情呢？"

"其实也没什么特别的。"说着，我陷入了忧伤之中，"也没什么不一样的地方。怎么跟您说才好呢？十分聪明，也十分稳重……"

"不，您说话不用这么谨慎。我并不想写关于鲁迅先生的坏话。我之前已经跟您说过了，我写这篇文章只是为了东亚的民族亲善，打算写成一篇新年读物。而且，这还与我们东北地区有关系，也算是刺激刺激地方文化吧。所以，为了繁荣壮大我们东北地区的文化，还请您对当时的回忆畅所欲言。请放心，绝不会给您添任何麻烦的。"

"不，我绝不是对您有所防备。"也不知为什么，我那天的心情特别沉重。"不管怎么说，都是四十多年前的往事了。我绝不是要向您隐瞒什么。我只是在想，我这样一个俗人，那些不得要领拉拉杂杂的记忆，真的会对您有所帮助吗……"

"哎呀，请不要再自谦，现在已经不是说客套话的年代啦。那么，我就向您提几个问题，您还记得什么就回答什么，好吧？"

在之后的一小时里，这位记者向我提出了各种各样的问题。我的回答前言不搭后语，最终让他失望而去。即便如此，今年正月的地方报纸上，依旧登载了一篇题为《日清亲和之先驱》的文章。文章连载了五六天，是以我的回忆录形式写的。还真是一个有商业头脑的人啊！居然能把我那不得要领的回答取舍添加，最终整理成一篇颇为有趣的文章。只是文章中出场的周先生、恩师藤野先生，还有我，对我来说都好像陌生人一样。我自己的事情，怎么写都是无所谓的。可他笔下的藤野先生和周先生，却与我心中的画像大相径庭。这令我分外苦恼。我的回答确实不得要领，这恐怕也是原因之一。可面对那样直截了当的提问，我也不可能回答得逻辑清晰，有理有据啊。像我这样的笨蛋，说话时，脑子里会突然找不到合适的形容词。有时候小声念叨着的一个毫无意义的词，就这样凑巧被对方听去，并当作我的真意而曲解了。这样的事情一定不少。总之，我不善于应对这样的一问一答。因此，记者的这次来访让我十分苦恼，我也为自己那前言不搭后语的回答而生气。记者回去之后，我还因此难过了两三天。终于到了正月，读过报纸上连载的回忆录之后，我对藤野先生和周先生产生了深深的歉意。我已经年逾六十，也快到死而无憾的年纪了。如今，我意识到，应该将自己心中的画像，正确无误地传达给后人。这并非毫无意义的事情。话虽这么说，我却无意给报纸上连载的那篇文章找碴儿。那种具有社会政治目的的文章自然有相应的写法。与我心底的画像有所不同，也是无可奈何吧。我是以一个乡下老医生的身份，以一种怀念恩师旧友的心态来写的。我并没有什么社会政治目的，我只想尽可能忠实地还原他们的面貌。我就是怀着这么一种强烈的信念来写的。尽管如此，我却并不觉得这是一件无所谓的事情。有这样一句话："称大善不如积小德。"纠正恩师与旧友的面貌，看似是小事，可又确实是通达于人伦大道之上的事情。怎么说呢？对年事已高的我来说，这是一件需要付出很大精力的事情。这阵子，东北地区常常响起空袭警报，虽然吓人，但天气总还算晴好，即使不烧火盆，我那向南的书斋也温暖如春。我有一种乐观的预感：我的工作会顺利地进行下去，不会因为空袭而受到妨碍。

虽说是我心中的画像，可也很难保证它们就是正确无误的。我想原原本本地讲述事实，但我愚钝的印象，很可能会像盲人摸象一样，忽略一些非常重要的地方。而且，这都是四十年前的往事了，四十年的时间也让我愚钝的印象更为暧昧模糊了。因此，我虽然干劲十足地说要纠正恩师与旧友的形象，内心里却依旧充满了不安和惶恐。我愿望不大，只求能够反映出其中真实的一面，能做到这点我就满足了。人一旦上了年纪，抱怨也好申辩也罢，说起话来就容易没完没了，这样絮絮叨叨下去可不行。不过，我也不打算写出什么辞藻华丽、名满天下的文章来，所以也就不在此啰啰唆唆地辩解了。我只求不顾左右而言他，能"以辞达意"，这样就足够了。正所谓"尔所不知，人其舍诸"①是也。

我毕业于东北偏僻地区的一个城镇中学。来到东北第一大城市仙台，并在仙台医学专门学校求学，是明治三十七年初秋的事情了。同年二月，日俄战争开始。我来仙台的时候，正是攻陷辽阳之时，而在不久之后，又展开了对旅顺的总攻。性急的人们，此时已经在高声叫嚣着攻陷旅顺，准备庆祝大会了。尤其是仙台第二师团第四联队（从属于黑木第一军，被称为"榴之冈"联队），在鸭绿江渡江战中首战告捷，之后又在辽阳之战中立下汗马功劳。仙台的报纸连载了特别文章《勇猛的东北军》，而在剧场森德座，也上演了名为《辽阳陷落万万岁》的狂言戏剧。全市都洋溢着一派乐观景象。我们医专的学生，也都换上了崭新的制服制帽，仿佛期待着世界的黎明一般，在学校附近的广濑川对面供奉着伊达家三代灵位的庙宇——瑞凤殿中为战争的胜利而祈祷。大多数高年级学生都希望能够成为军医并立即奔赴战场。当时的人心，也不知道能不能说是单纯，总之是一派生机勃勃。学生们在宿舍里没日没夜地就新兵器的

---

① 引自《论语·子路篇》。

发明进行激烈讨论，现在想来都让人忍俊不禁。好比旧藩时代的鹰匠们训练猎鹰，他们在猎鹰的背上绑上炸弹，之后让它们俯冲到敌人火药库的屋顶上。或者往炮弹里塞上辣椒，绑在猎鹰身上，飞到敌阵的上空爆炸，让敌人全军都吃吃辣椒迷眼的苦头。文明开化时代的学生们似乎非常热衷于谈论这些不合时宜的、原始而古怪的发明。听说，医专还有两个学生曾联名上书司令部，建议制造辣椒炸弹呢。有些学生更加血气方刚，光是谈论发明不过瘾，还要在半夜里跑到屋顶上去吹号。军号也因此在仙台的学生之间大受欢迎。舆论一方面对学生们颇感恼火，希望他们能够停止闹事，但另一方面又怂恿学生组织军号会，把事情闹大。总之，开战还不到半年，国民高涨的士气就已经将敌人彻底吞没了，到处都洋溢着一派乐观情绪。乐观得都有点儿可笑了。那阵子，周君曾经笑着说过一句话："日本的爱国之心真是太天真了。"他这么说也确实无可厚非。当时，不仅是学生，就连仙台市民也像天真的孩子一样群情激奋。

在此之前，我从没来过大城市，只见过农场的几条小街道，这算是我有生以来第一次见到大城市，光是这一点就已经让我兴奋不已了。而现如今，整个城市都处于这种异常亢奋的状态之中，我就更加无法专心学习了。于是，我也像大家一样，每天都心神不宁地在仙台的大街上闲逛。若说仙台是个大城市，或许要被东京人笑话。然而当时的仙台人口已经接近十万，电灯也早在十年前的甲午战争时期就已经有了。松岛座和森德座也有定期的歌舞伎演出，灯火辉煌，常有名角亮相，入场费则仅收五钱或八钱，真可谓便宜实惠，方便大众。而且还有站席，看起戏来也很方便，我们这些穷学生就是站席的常客。这是小剧场，还有的大剧场，比如仙台座，能够轻松容纳一千四五百人次的观众，可谓豪华气派。正月和盂兰盆节时，最最出色的人气演员会在这里演出大型戏剧，入场费自然也不菲。正月和盂兰盆节以外，这里也依旧演出不断，浪花节、大魔术、无声电影放映什么的，都有。此外，还有个快活馆曲艺剧场，坐落在东一番巷，地方虽小，却典雅别致。时时都有义太夫①和落语上演。东京的那些有名的艺人，大多都来这里表演过。我们还在这里看过竹本吕升表演的义太夫，感觉非常好玩。那时，芭蕉大街是仙台的中心，不少时髦的西洋风格建筑都屹立于此。不过，论繁华程度还是东一番巷更胜一筹。东一番巷的夜生活比较特别。演出通常都要持续到十一点左右，松岛座门前，不论何时都是锦旗林立，威风八面。《四谷怪谈》《皿屋敷》之类的看板挂了五六个，全都花里胡哨醒目晃眼，让人禁不住驻足流连。街上的人气男招待们也在木窗口大声招

---

① 义太夫调，日本传统曲艺之一。与偶人表演相结合而发展起来的净琉璃流派之一。由江户时期的竹本义太夫首创，1684年在竹本座首次公演后大获成功，流传甚广。——译者注

呼着客人。这一情景也着实令人怀念。周围一带，还有饮品店、荞麦面条店、天妇罗店、斗鸡菜馆、蒲烧鱼串、年糕红豆汤、烤红薯、寿司、小野猪肉、鹿肉、牛肉火锅、牛奶店、咖啡店……总之，仙台没有而东京有的，恐怕也就是市内铁路了。这里还有大型的劝业场，里面有面包店、点心店、洋货店、乐器店、书籍杂志店、干洗店、酒店、外国烟草店和名叫"兄弟轩"的西餐厅。此外，还有可以听留声机的商店、照相馆、台球厅和夜间花店。每一间店铺都装饰有明亮的电灯，宛若不夜之城，颇有花街趣味。人群纷至沓来，摩肩接踵，小孩子置身其中顷刻就会走失。这一切都让我这个没去过小川町也没去过浅草和银座的乡下人大为惊叹。这里的藩祖政宗①大人，当年也是一位颇为时髦的人物。在庆长十八年时，就已经派遣支仓六右卫门常长②为特使前往罗马，令他藩的保守派瞠目结舌，其影响也一直泽被明治维新之后。仙台市内随处可见基督教堂，论及仙台风气则不得不考虑其中的基督教因素。其重要程度由此可见一斑。仙台也有很多基督教气息浓郁的学校，明

---

① 伊达政宗，伊达氏第十七代家督，安土桃山时代奥羽地方的著名大名，江户时代仙台藩始祖，人称"独眼龙政宗"。幼名梵天丸，元服后字藤次郎。其名政宗（与九代家督政宗同名，九代家督政宗有"中兴之祖"之称）即意味能达成霸业。小时候罹患天花，因而右眼失明。——译者注

② 支仓常长，日本仙台藩大名伊达政宗的家臣，藩士。支仓六右卫门常长在1613年到1620年间率领使节团先到墨西哥后又转往欧洲，之后回到日本，他是有史以来第一个被派往美洲的日本人。他的出访也是法国与日本关系史上第一次有记录的交流。——译者注

治时期的文人岩野泡鸣年轻的时候就曾在这里的东北学院接受过圣经教育。据说在明治二十九年，岛崎藤村也从东京来到这个东北学院执教，教授作文和英语。我在学生时代，曾意外地读到并爱上藤村在仙台时的诗。我依稀记得他的诗风之中，确实有一些基督教的影子。当年的仙台在地理上似乎与日本的中心距离甚远，但从文明开化这一层面来说，却很早就已经敏锐地同中央的进展步调一致了。因此，仙台街市的繁华着实让我大吃一惊。街上到处都有学校、医院和教堂。其开化程度之高着实让人惊叹不已。此外，仙台还有"审判之都"的传统。自江户时代起，仙台就设立了评定所①，明治维新之后又设立了高等法院，后来又有了检察院。因此，仙台的律师广告牌多得让人咋舌。每天都有裹着红毯子的乡下人无所事事地在街上走来走去，看上去倒也亲切自然，让当时的我着实宽心不少。

我一方面为仙台市内的文明开化感到兴奋，另一方面又煞有介事地把仙台周围的名胜古迹统统游历了一番。为战争的胜利而祈祷之后，我参观了瑞凤殿。之后登上了对面的山峰，俯瞰仙台市的全貌。我长长地叹了一口气，自己也不知道是什么缘故。右方望去，是遥远而又烟波浩渺的太平洋。望着大海，

---

① 一般指日本近代以前负责处理司法诉讼的机构或举行司法评议的地点。——译者注

真想大叫一声。年轻的时候，无论看见什么听见什么，都会当成一件对自己非常重要的大事并因此而心绪激昂。我还去访问了有名的青叶城遗址，当我随心所欲地走进那原原本本如以往一样庄严的城门之时，心中突然冒出一个不切实际的空想：要是出生在政宗公的时代，又会是怎样一番光景呢？我还拜谒了三泽初子的墓（据说就是先代萩政冈[①]的墓）、支仓六右卫门的墓以及没钱也不想死的六无斋主人林子平[②]的墓。在他们的墓前，我都深深地鞠躬，表达了敬意。此外，我还去了榴之冈、樱之冈、三瀑温泉、宫城原野和多贺城遗址等很多地方。探索的脚步也越迈越远了。最终，我决定利用两天连续休假，去游览日本三景之一的松岛。

午后不久，我就从仙台出发了。走了四里左右的路，来到了盐釜。此时，太阳已经西斜，凛冽的秋风渗进我的身体里，一阵莫名的不安突然向我袭来。于是，我决定把松岛的游览放到明天。当天，我只参观了盐釜神社，就在盐釜的一家老旧的旅店安歇了。第二天，我很早便起床，坐上了去松岛游览的游船。船上还有五六个客人同乘，其中有一人和我一样，也

[①] 歌舞伎《伽罗先代萩》中的人物。取材自历史上的片仓喜多，是日本战国时代的女性，伊达政宗的乳母，生父为伊达氏家臣鬼庭良直。也被称为喜多子、少纳言。——译者注

[②] 林子平，日本江户时代后期，宽政年间的著名政治学者，号六无斋主人。著有《三国通览图说》《海国兵谈》等，此外还曾自撰《富国策》。——译者注

穿戴着仙台医专的学生制服和制帽。他的鼻下生着薄薄一层胡须，看上去似乎比我的年纪小。他那缝有绿线的医专角帽依旧崭新，帽子上的徽章也闪着刺眼的光。一定是今年秋天才入学的新生吧。好像也曾经在教室里见过一两次。今年学校从全国招募了一百五十名新生，不，不止一百五十名，似乎更多。学生们依据相同的生源地而各自集结成群，有东京帮，大阪帮，等等。在学校里，或者在仙台的大街上，都成群结队地玩耍胡闹。而我是一个人从乡下中学来的，再加上我生性沉默寡言，如您所知，讲话又带着乡下口音，所以也没有勇气和那些新生们混在一起开玩笑。于是，我的性格也因此变得孤僻起来了。我寄宿的地方在县厅的后面，离学校很远。我跟同届的同学之间都没怎么亲密地说过话，同我所寄宿的本地家庭也相处得不太好。仙台人说起话来，虽然也有很重的东北腔调，可跟我的乡下口音一比就算不得什么了。要我勉勉强强地说东京话也不是不行。可是一旦我的乡下人身份被人拆穿，嘴上还说着这种装模作样的东京话，那就真是丢脸了。这是乡下人才能明白的一种心理。满口的乡下方言，说出来要遭人笑话。拼了老命说一口标准普通话则更要遭到猛烈的嘲笑。最终无可奈何，便只好做个沉默君子了。当时有诸般原因导致了我与其他新生的疏远，除了语言口音问题之外，还有另一个问题，即：我为我身为医专学生而感到非常自豪。就好比一只鸟停在枯枝之上，它的姿态是有可取之处的。它漆黑的双翅看上去闪闪发亮，出色俊逸。可要是数十只鸟都齐聚在树枝上乱叫，那就是一堆毫无意义的垃圾了。医专的学生也是一样，如果他们成群结队地在街上大笑大嚷，四处闲逛，那制帽的权威又存乎何处？只会让人看起来又脏又蠢吧。我是医专的学生，必须恪守自己的骄傲和自豪。因此，对于他们那些家伙，我是避之唯恐不及的。不过，这一理由说起来非常冠冕堂皇，背后却是另有隐情。实话说来，我在入学之初，兴奋得有些过了头，整天都在仙台的大街上闲逛，上课也常常无故缺勤。这样一来，理所当然地，我就与其他新生疏远了。在松岛游览船上遇见这位独自一人的新生之时，我也是吓了一跳，心里亦莫名其妙地感到不快起来。我——作为船客之中唯一的、品行高洁的学生——本来是准备自鸣得意地赏玩一番松岛的美景，此刻又怎能容得下另一个跟我穿戴着同样制服制帽的学生在此呢？而且，那个学生一副城里人模样，打扮得也文雅脱俗，怎么看都比我更像个读书人。不得不说，真是个碍眼的家伙。看他那副样子，一定是个每天都认真上学的好学生吧。他那冰凉而又清澈的眼睛，略略向我这里投来了一瞥。我则殷勤地颔首一笑。这可不行。若是两只鸟都停在了船舷上，其中那只瘦弱憔悴、翅膀毛色暗淡的就会十分难堪。我害怕被人当作他的陪衬。心怀这种可悲的想法，我坐到了船上的一个小角落里，离那位秀才模样的学生也颇有一点距离,并尽力忍住不朝他那边看。他一定是东京人。要是他以一副江户儿①的腔调跟我伶牙俐齿地说起话来,那可就受不了了。我把脸完全偏向了一边,做出一副全身心陶醉于松岛风光的样子。可心里还是对那个秀才模样的学生十分在意,心中倍感不安。芭蕉曾描绘过松岛绝景:

> 岛屿之多不可胜数,耸立者昂首向天,匍匐者与波齐平。或两重相累,或三层相叠,或断绝于左,或绵延于右。如在背上者有之,如在怀中者亦有之,直若疼惜儿孙。松绿渐浓,适清风拂过,亦有枝叶蜷曲,呈虎踞龙盘之象。此间景色,真如美人天生丽质,全然不施粉黛之色。观此气象,乃是千年大山神之所作为邪?鬼斧神工,巧夺造化。穷天下文人之词,亦言之不尽矣。②

这等美景也没能好好欣赏。船刚刚靠上雄岛的海岸,我便飞也似的跳下了船,第一个上了沙滩,逃跑一般急匆匆地往山的方向跑去。终于摆脱掉他了,我心中顿时松了一口气。

---

① 指土生土长的江户人或东京人。亦指称一种典型的性格,即性格豪爽、心直口快、好打抱不平,也可认为是空有嘴上功夫,没有实际本事。同时亦指江户人花钱如流水、潇洒自如的生活作风。——译者注
② 引自松尾芭蕉《奥州小道·松岛》。——译者注

宽政年间，著名的医师橘南溪①（曾付梓过《东游记》和《西游记》）曾在《松岛纪行》中写道："游松岛，宜坐船，富山也一定要爬爬看。"尽管当时松岛也通了火车，但我还是特意走到盐釜搭船过来。可是我同一个与自己穿戴相同的制服制帽，同时看上去比自己还要优秀很多的学生同乘一条船。此时，即便面对毫不逊色于洞庭和西湖的扶桑第一美景，我也兴致寥寥了。不过是大海、岛屿和松树，也就这些东西吧。如此一想，心中更添失望和遗憾。总之，还是先登富山吧。我想，上了山，鸟瞰松岛的全景，恢复恢复心情，可以弥补乘船时的不快。我朝着山的方向快步走了起来，可富山究竟在哪，我却完全没有头绪。不管那么多了，总之，只要爬到某个高处，应该就能远眺松岛湾的全景了。这样一来也算是来松岛游玩过了。如今的我再也没有一点风雅的情调，像个俗人一样，拨开秋草，手忙脚乱地沿着细细的山道快步攀登。走累了，就停下脚步，回头看看松岛湾。不行，还不够。橘氏曾说："八百零八岛绵延不绝，美妙如画，几似西湖。极目远眺，但见水色天光。不限东洋，诚乃天下第一绝景。"若是只有这么一点景色，可配不上这番褒奖。橘氏一定是在更高的地方远眺整个松岛湾。继续爬吧！我重振精神，继续向山的深处前进。没多

---

① 橘南溪，江户时期的医生，文人。伊势人，曾在京都学习中医，性喜周游，曾撰写过《东游记》《西游记》以及医书《伤寒论分注》。——译者注

久，我似乎就走错了路，迷失在苍翠的树林之中了。此刻哪里还有心情眺望，我冒冒失失、惊慌失措地在树林里乱钻，好不容易走了出来。仔细一看，发现自己已经在山的里侧了。眼下哪有什么特别的景致，全是些平凡无奇的田地，坐在东北线的火车上也能看见。我爬过头了，心中扫兴不已。在草地上坐下之后，感到一阵饥饿，于是拿出旅馆做的饭团子来吃。吃饱之后，就躺在草地上迷迷糊糊地睡着了。

不知过了多久，耳边隐隐约约传来了歌声。仔细一听，是当时的小学歌曲——《云之歌》：

> 转眼之间已遮住山峰，
> 定睛一看又飘过海去，
> 云顶深处呀奇妙无比。
> 云呀，云呀，
> 变成雾又变成雨。
> 如此美妙又神奇。
> 云啊，云啊。

听了这歌，我禁不住笑了出来。不知是走调还是怎么回事，总之是唱得非常难听。唱歌的人并非小孩，而是一个扯着破锣嗓子的大人。这歌声着实让人惊骇。我上小学的时候，唱歌也非常难听，唯一能勉勉强强唱好的歌也只有一首《君之代》。可比起如今这令人惊骇的歌声来，我的歌声倒也算得上甜美了。我静静地听着，一声也没吭。那家伙却一直地重复着这首歌，唱得更加起劲了。兴许那唱歌的家伙也老早就知道自己唱得难听，因此才跑到这人迹罕至的深山老林里来练习吧。如此想来，我这个不会唱歌的人，不由得对这个正在唱歌的人产生了同情。心中也突然涌现出一个念头，见他一面。我站了起来，循着他那糟糕的歌声，在山里四处寻找。歌声听上去一会儿近，一会儿远，却一直持续不断。突然之间，我就出现在了那唱歌之人的面前，简直就要撞在一起。我一阵惊慌失措，对方也一副狼狈不堪的神情。是之前那个秀才模样的学生。苍白的脸此时涨得通红，他张着嘴，一边笑一边说道："刚才真是不好意思。"他害羞地向我道歉。

话音未落，我便发觉他说话有口音，并非东京人。一直以来，我都为自己的乡下口音烦恼无比。因此，我对于别人说话的口音异常敏感。他的口音让我大吃一惊，也许是我的同乡亦未可知。念及于此，我对这位唱歌的"大天才"便更感亲近了。

"不不，该说对不起的人是我。"我有意加强了自己的乡下口音。

后边有座略高的小丘，长有小片松林。登临其上，远眺松岛湾，景色并不赖。

"就是这个地方吗?"我同那学生并肩站着,正眺望着眼下这日本第一的风景。"我还纳闷呢,难道是自己不明白景色的奥妙所在吗?这松岛究竟哪里好?我是完全没有头绪。刚才还一直在山里迷迷糊糊地乱转呢。"

"我也不明白。"他一口生硬的东京话,说得很吃力,"可是,我觉得自己能够大概感受得到。这种安静,不,应该说是,宁静……"他支吾了一会儿,苦笑起来,又说了一个德语词"Silentium"①。"太安静了,静得让人不安。于是我大声唱起歌来,然而并没有什么作用。"

不,您的歌简直声震松岛。我本想这么说,可话到嘴边又咽了下去。

"太过安静了。再有点什么就好了。"他一本正经地说,"春天是怎么样的呢?海岸边开着樱花,花瓣飘落在波浪上,还下着雨。"

"原来如此,原来是这样啊。"这个家伙,说话倒也挺有趣的嘛。我心下暗暗佩服他,兴头之上,又说了句废话来打趣:

"怎么说呢,这景色不够妩媚,还是更适合老年人来看呀。"

他脸上露出了暧昧的微笑,点上了烟,道:"不,这是日本的妩媚。让你总想再要一点什么。沉默。Sittsamkeit②。真

---

① 德语,安静、肃静之意。——译者注
② 德语,庄严、庄重之意。——译者注

正的好艺术恐怕也会给人以相同的感觉吧。可我还是不能完全明白。我只是为那些古代日本人感到惊讶，他们竟然将如此安静的景色选为日本三景之一。这景色里一点人间的烟火气都没有。我们国家的人是完全无法忍受这般寂静的。"

"您的家乡在哪？"我不假思索地问道。

他露出一脸奇怪的笑容，默默地看着我的脸。我有些不知所措，于是又问他："不是东北吧？"

他脸上现出了不悦的神情："我是中国人，您不应该不知道。"

"啊……"我恍然大悟。

之前就曾听说，今年有一名清国留学生与我们同期入学于仙台医专。原来说的就是他，难怪唱歌唱得这么难听，说话也非常吃力，还带着一股奇怪的演讲腔调。原来如此，原来是这么回事。

"对不起。我是真的不知道。我是东北乡下来的，在这里也没有朋友。待在学校没什么意思，新学期的课程我也经常缺勤。因此，对于学校的事情，我也没有多少了解。我就是一只Einsam①的鸟。"能如此畅快地说出所思所想，连我自己都大感意外。

---

① 德语，孤独之意。——译者注

这都是我后来才想到的事情了。当时的我非常害怕同东京和大阪来的学生打交道，就是同自己的寄宿家庭之间也相处得不太融洽。并不是愤世嫉俗，可在害怕陌生人这一点上，我是绝对不逊于任何人的。这样的一个我，（大阪、东京的学生暂且不提）竟能与来自大海彼岸遥远异国的留学生毫无拘束地亲切交谈。恐怕还是周君的伟大人格使然吧。此外还有一点，与周君说话时，我能完全将自己从乡下人的那种自卑和忧郁之中解放出来。这恐怕也是一个浅显的原因吧。同周君说话时，我丝毫不会对自己的乡下口音感到困扰。说起话来也不可思议地变得轻松诙谐起来，时不时嘴里还能蹦出一两个玩笑。同日本人说话时，即便我使劲敲磨自己那不会弯曲的舌头，煞费苦心地说出一口江户儿的腔调来，他们的心里还是会琢磨：这家伙明明是个乡下人，却要这样别扭地卷着舌头说话。有时候他们会对此大吃一惊，有时候他们则会大声嘲笑我。而这位来自异国的朋友，却似乎从来没有注意我的口音，也从来没有因此而嘲笑我。我甚至问过周君："有没有觉得我的口音很奇怪？"周君听后，一脸茫然地回答："没有啊，我觉得您说话声音响亮，顿挫有致，很容易听懂。"总而言之，事情非常简单，无非是我见到了一个东京话说得比我还差的人，心情得到了大大的放松。多亏了此事，我和周君才得以产生交集，成为亲密的朋友。说来虽然可笑，可在这位清国留学生面前，我对自己的日语确实是有自信的。因此，当我在松岛的那个小山丘上得知对方是中国人时，我的心中勇气倍增，还颇为轻松地提议，如果他会德语的话，我也可以和他说德语。我竟然说出了这种自鸣得意的话，还装腔作势地说什么自己是一只 Einsam 的鸟，真是令人作呕啊。可他似乎对我这番话颇为中意。他一边小声地嘀咕着 Einsam 这个词，一边眺望着远处，好像在思考着什么。紧接着，他突然转过脸来，对我说："但是，我是 Wandervogel①。我没有故乡。"

候鸟。确实如此，说得真好。他的德语似乎要比我好得多。于是我猛然改换策略，不再说德语了：

"不过，等您回了中国之后，会有一座漂亮的房子吧？"我问了他一个俗不可耐的问题。

他岔开了话题，红着脸，笑着说："今后我们可以多多亲近，您讨厌中国人吗？"

"还好吧。"为何我当时要如此毫无诚意、语气轻浮地回答他呢？后来再想想，当时的周君，一定是难耐自身的孤独寂寞，才慕名来游赏酷似西湖的松岛风景吧——西湖离周君的故乡很近。他一个人悄悄地来到这里，却依然难以排解心中的忧愁。于是便破罐子破摔一般唱起难听的歌来。之后，他又在这

---

① 德语，候鸟之意。——译者注

里意外地遇到了一个愚钝的日本医学生。此时此刻,他确实是在真诚地渴望着友情。而我则终于发现了一个合适的人选,来小试我那憧憬已久的江户儿腔调。我欣喜若狂,光顾着自己一个人得意,也没有好好考虑对方的心情。"好得很。"我心不在焉地说,"我非常喜欢中国人。"我随口说出一些话来,都是些我平时想都没有想过的事情。

"谢谢。十分不好意思,不过,我觉得您很像我的弟弟。"

"荣幸之至。"我摆出了一副地道城里人特有的那种肤浅轻浮的社交姿态来。"不过,您的弟弟应该也像您一样机敏聪明吧?这一点可与我不一样呢。"

"那又怎么样?"他天真地笑了,"可你是有钱人,我的弟弟是个穷人。这点也不一样呢。"

"真的吗?"即使是长于社交的人,对他这番话恐怕也是毫无办法吧。

"真的。父亲去世之后,我们一家就四散分离了。我虽有故乡,但却略等于无了。本来是被养育在环境不错的家庭里,突然失去了家,就不得不见识真正的世态炎凉了。我曾被寄养在亲戚家里,还曾被人说成是要饭的。可我并不服输。不,说不定我已经输了呢。der Bettler[①],"他小声说着,扔掉烟,用鞋尖踩灭。"在

---

① 德语,乞丐之意。——译者注

中国，要饭的被叫作huazi，写作花子。他们一边要饭，一边又想anmassen①喝Blume②，这可不是Humor③，这是愚蠢的Eitelkeit④。就是这样，或许在我的身体里也流淌着这种虚荣的Blut⑤吧。不，现在中国的姿态，ganz⑥是这样。在当今世界之中，在那样可悲的虚荣中活着的，只有那些Dame⑦，只有那些Gans⑧。"

他说得激动了，嘴里连连蹦出德语来。如今，即便是准备充分的社交家，也只有闭嘴了。比起我的江户儿腔调来，我的德语要糟糕得多。情急之下，我只得回敬他：

"比起您的母语，您的德语倒是说得更好嘛。"如此，我也算是报了一箭之仇。总之，必须堵住他不断冒出来的德语词。

"并非如此。"我话中的讽刺，他好像并没有察觉到。他认真地摇了摇头，接着说，"我觉得我的日语应该说得让人很难理解吧。"

"不，不是。"趁着这个机会，我赶紧说，"你的日语说得

---

① 德语，无理要求之意。——译者注
② 德语，啤酒的泡沫之意。——译者注
③ 德语，幽默之意。——译者注
④ 德语，虚荣之意。——译者注
⑤ 德语，血液之意。——译者注
⑥ 德语，完全之意。——译者注
⑦ 德语，女士、夫人之意。——译者注
⑧ 德语，鹅之意，这里可理解为蠢女人。——译者注

很流利啊。请您还是说日语吧。我还是听不太懂德语啊。"

"算了吧。"他突然皱起了眉头，语气也沉稳下来，"我这个人，尽说些蠢话。不过从今往后，我想认真学习德语。日本医学的先驱者——杉田玄白①，最开始学习的也是语言。藤野先生在最初几堂讲义上就告诉了我们杉田玄白苦心孤诣于兰学的事迹。你那个时候……"他说到一半，看着我的脸笑了。

"缺勤了。"

"是吧。反正当时是没有看到您。其实我在开学典礼那天就已经认识您了。您在开学典礼那天没有戴制帽呢。"

"是啊，总觉得戴着制帽，怪难为情的。"

"我就知道，一定是因为这个原因。那天没戴制帽的新生有两个，一个是您，还有一个是我。"说完，他微微一笑。

"真的吗？"我也笑了，"这样说来，您也是感到……"

"确实，怪难为情的，这顶帽子特别像那种乐队的帽子。从那之后，我每次去学校都在四处找寻您的身影。今天早上一起坐船过来真是太令人开心啦，可是您却一直躲着我，一下船您就没影了。不过，总算是在这里遇见了。"

"风刮得有点冷呢，我们下去吧？"我突然感到一阵奇怪

---

① 杉田玄白，江户时代的兰学医，若狭国小滨藩（福井县）的医生，私塾天真楼的主办人。1774年，他翻译了荷兰人J.Kulmus所著的《解体新书》。这是日本第一部译自外文的人体解剖学书籍。——译者注

026

的害羞，于是便转换了话题。

"嗯。"他温柔地点点头。

我老老实实跟在他身后下山去了。我感觉他就像是我的亲人一样。我们的身后响起了阵阵松涛之声。

"啊！"周君回过头来，"这样就完美了。之前总觉得还少点儿什么。现在响起这松涛之声，松岛就完美了。松岛确实是日本的第一美景啊。"

"您这么一说，我也有同感呢。不过，我还是觉得有些不足。据说在这山里，有一棵'西行回头松'。倒不是因为西行有多么喜欢这棵松树所以才不住回头眺望。我觉得是因为西行游玩了松岛，却总觉得还少一点什么，回程途中，他感到非常不安，总怀疑自己是不是漏掉了重要的景色。于是在那棵松树之处又返回松岛了。事实难道不应该是如此吗？"

"您太过热爱祖国的河山，才会感到这样的不足。我生于浙江绍兴，那里被称为东方威尼斯，离家不远的杭州还有闻名遐迩的西湖。很多外国人前来游玩，都对那里的景色赞不绝口。可在我看来，西湖的风景太过矫饰了，难以令人产生感动。或者可以说是沉淀了太多的历史吧。西湖，无非是清政府的庭园。西湖十景，三十六名迹，七十二胜景，刀刻斧凿的痕迹都太重了。而松岛却并非如此，松岛与人们的历史是隔绝的，文人墨客们并不能冒犯这里。即使天才如芭蕉，面对这松岛，不是也作不出一首诗来吗?"

"不过,芭蕉似乎曾把松岛喻作西湖呢。"

"那是因为芭蕉并没有见过西湖的风景。他要是见过西湖的风景,就绝对不会作这样的比喻了。西湖和松岛,是完全不一样的。松岛可能会更像舟山群岛吧。不过,浙江的海,可不会如此平静。"

"确实如此啊。日本的文人墨客们,自古就对贵国的西湖倾慕不已。正因为听说松岛酷似西湖,所以才有那么多人远道而来观赏风景呢。"

"这个我也听说过。我也是听说了这些,才来这里游玩的。不过,我却觉得一点也不像。贵国的文人们,还是早点从西湖之梦中醒来为好啊。"

"可是,西湖也一定有它漂亮的地方吧。您也一定是太过热爱自己的故乡,所以才对其评价得如此苛刻吧。"

"也许如此吧。真正的爱国者,反倒批评祖国的不是。可是,比起那所谓的西湖十景来,我却更喜爱浙江农村那种平凡的运河景致。我国那些文人墨客大肆称赞的名胜,我一概都不以为然。钱塘江大潮或许还能让我稍稍感到兴奋,其他的就完全不行了。我不相信那些人。那些家伙和贵国所谓的道乐者[①]

[①] 享乐者之意。——译者注

是毫无差别的。他们是自甘堕落的,他们所写的文章也都游离于现实之外。"

从山上下来,就是海岸了。大海在夕阳的照耀下闪闪发光。

"真不错。"周君笑了,把双手背在了身后。"月夜又会是怎样一番景致呢?今天是阴历十三了,您一会儿要立刻赶回去吗?"

"我还没决定。学校明天似乎不上课。"

"是的。我想看看月夜之下的松岛。要不要一起呢?"

"行呀。"

其实我对此是完全无所谓的。即使学校上课,我也会随意缺勤。之所以规规矩矩地选择这两天的连休出来旅行,也是碍于寄宿家庭的面子。否则的话,他们就会把我当作一个懒惰的学生,这样可不太好。其实,两天的连休也好,三天的连休也罢,对我来说都是无所谓的。

也许是我答应得过于轻易,周君似乎察觉到了什么。他大声地笑了,对我说:

"不过,等后天回到学校,要和我一起做讲义的笔记哟。虽然我的笔记记得很差,但是笔记可是我们学生的……"他稍稍顿了一顿,又继续说,"可是我们学生的,犹如 Preiszettel[①]一样的东西呢。"他又说起了令我头痛的德语。"是一个标注着

[①] 德语,标签、价签之意。——译者注

几元几十钱的标签。要是没有笔记,人们可不会相信我们。这就是学生的宿命啊。虽然没意思,但还是要记笔记才行。不过,藤野先生的讲义是很有意思的。"

从我们初次交谈的那天起,他的口中就时常会出现藤野先生的名字。

那天,我和周君一同歇宿于松岛的海滨旅馆。现在想来,当时那种毫无戒备的心境,简直让人不可思议。可是,正直之人,似乎总会给人一种安全感。而我也早已完完全全地信任这位中国留学生了。换上了旅馆的棉袍,他整个人看上去分外俊美潇洒,简直就像一个商人家的小少爷一样。他的东京话也说得比我好。只是他对旅馆里的女佣说话时的语气,诸如"那就拜托您啦""有一点点冷呢",听起来稍微有些娘娘腔,给我一种轻浮之感。我实在忍不住了,便噘着嘴向他抗议,求他不要再这样说话。周君一脸莫名其妙:"在日本,跟儿童说话应该用儿童用语,像什么おてて、だの、あんよだの、そうでチュか、そうでチュか之类的。因此,跟女人说话的时候,难道不是应该使用女性用语才对吗?"他这样回答我。我说,话虽如此,可这都是在装腔作势,让人听了简直受不了。听到装腔作势这个词,周君不禁大发感慨:他觉得日本的美学实际上是极其严肃的。装腔作势这种戒律,找遍世界都没有;而现在的清国文明,却非常的装腔作势。当晚,我们在旅馆稍稍喝了点酒，谈笑聊天直至深夜。几乎都快忘了我们原本的目的——远眺月下的松岛。后来，周君告诉我，那是他来日本之后聊得最开心的一个夜晚。

那天夜里，周君以令人惊讶的热情，向我讲述了他的成长经历、人生理想以及中国目前的状况。他也三番五次地强调——

东洋的当务之急乃是科学进步。而日本的飞跃，则始自一群兰医①。倘若清政府依旧陶醉于自己的老大帝国地位，不能早日消化吸收西方科学并借此与列强抗衡，那最终只能重蹈邻国印度的覆辙。东洋自古以来，在精神领域都要较西洋深刻许多。听说西方最优秀的学者，都时时觊觎和仰视着东洋的智慧。可西洋人却试图以其先进之科学补充其精神之贫困。科学的应用，直接为人类的现实生活与享乐带来了极大便利。科学，在强烈执着于现世生命的红毛人之中，取得了巨大的进步，如今也渗透到东洋的精神世界之中了。日本是东洋最早察觉到科学之暴力的国家。进而率先学习科学，并借此以整备本国的国防。非但没有扰乱本国的国风，反倒成功将其吸收消化，有效地发挥功效，借此成为东洋最为先进的独立国家。科学未必是人类最高的美德。但如果一个国家，一手托着深邃的思想之玉，另一手握着生机十足的科学之剑，那么列强也就不

---

① 日本近代学习荷兰医学的医生。——译者注

再胆敢对其染指一丝一毫。这个国家也将就此成为冠绝世界的理想之国。清政府,对科学之威猛完全无动于衷。一面饱受列强侵略,另一面却装出一副大江不择细流的自信。一味对自己的失败敷衍搪塞,一个劲儿想办法装点和弥补自己老大帝国的门面和地位,却丝毫不敢正视和究明西洋文明的本质——科学。政府依旧一成不变地奖励学生们学习八股文——这种充满繁文缛节的学问。而这副沐猴而冠的滑稽做派,这副自尊自傲的模样,也早已成了列强眼中的笑柄。我深爱我的祖国,丝毫不逊色于任何人。正因为我深爱着祖国,我才心怀强烈的不满。现在的中国,一言以蔽之——怠惰。陶醉于莫名其妙的自负之中。世界上的文明古国,并非中国一个。印度的历史够长了吧,埃及也曾有过灿烂的文明,可这些国家的现状又如何呢?中国应当感到恐惧和害怕。那种"维持现状就好"的自负之心,到头来一定会使中国自取灭亡。中国如今已经没有多余的时间了。必须抛弃那种自我陶醉的心态,同西洋的科学暴力进行斗争。在这场斗争之中,中国只能投身虎穴,尽早掌握西洋的科学精髓。除此之外,再无他法。我听说,一种叫作兰学的西洋科学,首先敲响了日本德川幕府闭关锁国的警钟。我想成为中国的杉田玄白。

诸般科学之中,最为吸引我的是西洋医学。而我之所以如此倾心于医学,乃是因为我年少时的悲痛经历。我家祖上传下来几亩薄田,多少也可以算个殷实之家。十三岁时,祖父因为插手某些复杂的问题而被捕入狱,一家因此开始遽然受到亲戚和邻居的冷眼与迫害。父亲当时重病在身,卧床不起。家境每况愈下,日益困顿。我和弟弟都被寄养在了亲戚家。可别人却说我是要饭的,我心里非常气不过,于是又回到了自己家里来。之后的三年里,几乎是每天,我都出入于当铺和药店里。父亲的病却一点也不见好转。药店的柜台正和我一样高,当铺的比我高一倍,我从一倍高的柜台外送上衣服或首饰去,而当铺的掌柜则嘲弄我:"怎么尽是些破烂儿?"我在侮蔑里接了那么屈指可数的一点钱,又跑到一样高的柜台上给我久病的父亲去买药。回家之后,又须忙别的事了。给父亲看病的那位大夫,在当地被人称为名医。可他开的处方,却甚为古怪,必须要有芦根,还有经霜三年的甘蔗。我只能每天早上都跑到河边去挖芦根,之后还要四处寻找经霜三年的甘蔗。让这个大夫看了半年,父亲的病情反而愈加严重了。后来,我们换了一位更加有名的大夫。这次的处方上没有芦根和经霜三年的甘蔗了,取而代之的是蟋蟀一对,平地木十株以及败鼓皮丸[①]这些匪夷所思的东西。在蟋蟀一对旁,还注明了小字:"要原配,即本

[①] 鲁迅在《父亲的病》中皆有提到。本文多处内容与鲁迅多篇文章《琐记》《藤野先生》等在内容上相同,笔者在保持行文顺畅、意思不变的情况下,尽量使用鲁迅原文作为译文。以下不再一一注明。——译者注

在一窠中者。"似乎昆虫也要贞节，续弦或再醮，连做药的资格也丧失了。不过，这差事在我倒也不难。我家的后院，名为百草园。是个杂草丛生的大园子，也是我儿时玩耍的乐园。到那里去，倒也能找到好几个蟋蟀的窝。我随意将两只生活在一个窝里的蟋蟀当作原配，将它们用线一缚，活活地掷入沸汤中完事。可那所谓的平地木十株，就棘手得很了。究竟是什么东西，谁也不知道。问药店，问乡下人，问卖草药的，问老年人，问读书人，问木匠，都只是摇摇头。临末才记起了那远房的叔祖，爱种一点花木的老人，跑去一问，他果然知道，是生在山中树下的一种小树，能结红子如小珊瑚珠的，一般都称为"老弗大"。平地木十株也总算是解决了。然而还有一种丸药，叫作败鼓皮丸。这可是这位大夫颇为引以自得的处方，据说能够对父亲这样的水肿病人产生卓越的功效。可惜这一种神药，全城中只有一家出售的，离我家就有五里。而且，这种神药，是用打破的旧鼓皮做成的。其中的道理大约是这样的：水肿一名鼓胀，一用打破的鼓皮自然就可以克服它。当时的我，却并不相信什么破烂的旧鼓皮能够治病起效。为了这味丸药，我异常辛苦，来回奔波了十里路。可自己的这些努力，到头来还是竹篮打水一场空。父亲的病，一日重过一日，已经奄奄一息了。那位有名的大夫，却依旧泰然自若。父亲濒死之际，他还在枕边，说什么这也许是前世做的业。古人有云，医能医病，不能医命。他又对我说："不过，我还有一个办法。这是我家祖传的秘法。将一种灵丹，点在病人的舌头上。古人有云，舌乃心之灵苗。这灵丹呀，现在非常稀罕。你想要的话，我倒也可以给你。价钱也并不贵，只要两块钱一盒。怎么样？"我心下迟疑，没有立刻回答。而病床上的父亲则看着我的脸，微微地摇了摇头。父亲恐怕也和我一样，对大夫的处方已经彻底绝望了。我已无计可施，只能坐在父亲的枕畔，默默地等待着父亲的离世。一天早上，父亲看上去已经快不行了。邻居家的衍太太跑了进来，她是一个精通礼节的女人。一见父亲这个样子，当下大吃一惊。说我们不应该这么空等着，父亲的灵魂如今还没有飞到阴间，应该早点把他叫回来。"叫呀，快大声地叫爸爸、爸爸。快叫呀！再不叫你爸爸就要死了。"她严厉地冲我喊道。我本来并不相信这种念咒一样的办法，可事到如今，仿佛溺水者抓到了救命稻草一般，我也只得大声叫起爸爸来。衍太太说声音还要再大点才行。于是我便愈加大声地叫了起来，爸爸、爸爸地高声连呼。"再大点儿声，再大点儿声。"衍太太还在一旁催促着。我就这么一直喊着，喊得喉咙都快出血了。最终也没把父亲的灵魂喊回来。在我大声叫喊的时候，父亲去世了，他的身体变凉了。父亲享年三十七岁，他去世于我十六岁那年的初秋。我现在仍然记得自己当时的叫声。我实在无法忘记。每当我想起自己当时的叫声，心中就涌现出一股难以抑制的愤怒。我恼于自己年少时的无知，亦对中国的现状怀有强烈的愤懑。经霜三年的甘蔗，原配的蟋蟀，败鼓皮丸，这都是些什么？说是恶毒的欺骗也不为过。大声叫喊就能留住死者的灵魂，也是可耻又可悲的思想。还有那所谓的医能医病、不能医命，此等荒谬的言论，不过是厚颜无耻的遁词罢了。舌乃心之灵苗这一句，也不知道是哪位圣人君子的名言，说起来简直莫名其妙，乃是一句彻底的死语。

看看吧，中国的君子之言，如今已成为骗子们行骗的韬晦利器。我是读着圣贤书长大的。可现如今，东洋引以为荣的"古人之言"已经堕落成了狡诈的社交辞令了，充斥着可恨的虚伪与愚蠢的迷信。这些思想如今已经面目全非，完全丧失了诞生之初所蕴含的精髓。无论多么伟大的思想，一旦被用于装点客人之间的寒暄和闲聊，那么这思想便是死了，便不再是思想了，便成为文字游戏了。东洋的精神世界，其卓越，其精妙，本是西洋所无法企及的。可长年的怠惰与无谓的自恋，却让这片本来丰饶的土壤日渐枯竭。

这样下去是不行的。父亲去世之后，我日益对周围的生活产生反感和怀疑。最终，在懊恼与焦虑之中，我离开了家乡，去了南京。我想学新的学问，学什么都可以。母亲东挪西借，弄到八元钱，递在我手里，同我洒泪而别。我拿着这八元钱，逃去了异地，走上了另一条道路，开始追寻别样的人生。到了南京之后，我就开始琢磨，究竟去什么样的学校好呢？首要的条件是这个学校不用交学费。而江南水师学堂，则是唯一符合这个条件的学校。于是我就入学了。那是一个海军学校，在那里，他们训练我快速攀爬桅杆，却并没有教我什么新学问。只是学习了一些诸如"It is a cat""Is it a rat"之类的初级英语。正好是在那个时候，有个康有为，提出了"效法日本，革除旧弊，探求新知，恢复国力"的主张，向皇帝上书了所谓的"变法自强说"。皇帝接纳了他的进言，着手对国家进行翻天覆地的改革。然而，虚荣的 Dame①以及周围的保守势力却从中作梗，发动政变。新政历经百日而终，皇帝也遭到了软禁。康有为及其同志梁启超不得不因此亡命远逃日本以摆脱清政府的追杀。即使不提戊戌政变这场悲剧，光是每天大声读着"It is a cat"，却也足够叫我坐立不安了。

我当时已经十八岁了，不能再这样稀里糊涂下去了。要尽快触及新知识的核心。我决定转学。之后，我选择了南京矿路学堂②。这里也不用交学费。在矿路学堂里，除了地学和金石学③之外，还有物理、化学和博物学等学科。接触了这些

---

① 此处指慈禧太后。——译者注
② 南京矿路学堂，附属于江南陆师学堂，由两广总督张之洞于光绪十六年（1890年）奏请创办。鲁迅从江南水师学堂退学后，于光绪二十四年（1898年）考入该学堂，光绪二十七年（1901年）以一等第三名毕业，同年由江南督练公所派赴日本留学。——译者注
③ 即地质学和矿物学。——译者注

新鲜的西学课程之后，我的心总算多多少少安定了下来。在语言学习方面，也不是"It is a cat"了，而变成了"der Man, die Frau, das Kind"①。我心中隐约觉得，比起英语来，德语更接近西学的核心。因此能够在这里学习德语也成了一件令人开心的事情。学校的总办是一个新党，他坐在马车上的时候大抵看着《时务报》，背地里，似乎也对变法自强说持肯定态度。考汉文也自己出题目，和那些儒生教员出的很不同。有一次是《华盛顿论》，那些汉文的儒生教员反而惴惴地来问我们道："华盛顿是什么东西呀……"看新书的风气也在学生之间流行起来。其中最最受学生们欢迎的，是严复翻译的《天演论》。那是根据博物学者托马斯·赫胥黎的 *Evolution and Ethics* 翻译成的汉译本。某个星期日，我跑到城南去买了来，白纸石印的一厚本，价钱正好五百文。我一口气就读完了。至今，我仍能一字不差地背出开头几页的文字。各种各样的译本，也在其后陆陆续续地出版了。我的语言学习还没有达到能够直接阅读原著的水平，因此只能去读新近出版的汉译本。读着读着，"物竞""天择"也出来了，苏格拉底、柏拉图也出来了，斯多葛也出来了。只要是能弄到手的书，我都读完了。在当时，读这样的新书乃是寡廉鲜耻至极，是将灵魂出卖给洋鬼子的行为，

---

① 德语，"他是男人，她是女人，他是小孩"之意。

在社会上会遭到人们激烈的排斥和污蔑。可我对此却完全不以为意，仍旧满不在乎地继续探索着"恶魔的洞穴"。

学校并不教生理课。但我们却看到一些木版的《全体新论》和《化学卫生论》之类的书。我还记得先前的医生的议论和方药，和现在所知道的比较起来，便渐渐地悟得中医不过是一种有意的或无意的骗子。就这样，我的心里开始涌起波澜，而在中国的知识分子之间也同样刮起了维新救国的思想风暴。那个时候，德国已经开始租借胶州湾，俄国租借大连，英国租借了对岸的威海卫，法国则租借了南方的广州湾。这些国家逐渐在中国获得了修建铁路、开采矿山等多项权利。美国也早已对东洋垂涎已久，在那时已将夏威夷收入囊中，之后又进一步长驱直入，在同西班牙的战争之中夺取了菲律宾，之后便立足于斯，开始插手中国的一应事物了。中国的独立性，如今已是风中残烛，救国救亡之呼声响彻全国，可不幸的事件也相继而至。首先是戊戌变法的失败。而两年之后又发生了八国联军入侵北京。这一致命的劫乱，更进一步向全世界暴露了清政府的无能。

我于翌年十二月从矿路学堂毕业，却没有自信成为矿山技师，搜寻金银铜铁之矿脉。入学以来，我就从没有想过要成为一名矿山技师。我只是想研究些新学问，让当今的中国多多少少变得强大一些。所以，在矿路学堂的这三年间，与其说我是在学习矿山学，倒不如说我是在研究西洋科学的本质。因此，当时的我虽然徒具毕业之名，却完全没有成为矿山技师的资格。我也已经二十一岁了，必须要尽快决定自己的人生道路。义和团之乱后，不仅仅是列强，就连中国的普通民众都已经看透了清政府的无能。为了保持中国的独立性，反清兴汉的大革命势在必行——这样的思潮开始在中国风起云涌。之前亡命海外的孙文，也已经完成了他的政治纲领——三民主义，其遂成为指导国内同人举事之旗帜。我们洋学派的学生们也大多成了三民主义的热烈拥护者。他们倡议打倒疲敝不堪的清政府，创造汉民族的新国家。对抗列强的侵略，保全中国的独立。不少人甚至弃置了学业，直接投身于革命运动的洪流之中。我也受到了这股风潮的刺激，甚至也认为必须果断地进行某种革命，才能拯救中国的危亡。可是我认为，在此之前，还是应该更深入地探究列强诸般文明的本质，这才是当下最紧要的事情。我的知识目前还十分幼稚有限，说是一无所知亦不为过。那些抛弃学业，舍身于政治运动之中的学生，他们的爱国热情我是完全理解的。然而，尽管我们有着共同的终极目标，我当下的热情却不在彼处。比起政治运动来，我更热衷于探究列国富强的原动力。当时，我还不能清清楚楚地断定那原动力就是科学。可我却隐约地感觉，只要去了德国，就能切实地把握住西洋文明的精髓。而我的人生理想，或许也可以在留学德国之时得到实现。但是我很穷，我费尽了全力才舍弃故乡来到南京，踏破万里留学德国一事于我来说更不啻云中楼阁，荒谬至极。我断了这个念头，而剩下来的道路，便只有一条了——去日本。

当时，由政府资助，开始每年送一批清国留学生前往日本。两三年前，张之洞在他的著作《劝学篇》中就大力宣扬过留学日本的必要性。日本只是个小国，却强盛如此，原因为何呢？乃是伊藤、山县、榎本、陆奥①等人，在二十年前都曾留洋海外。他们的国家受到西洋的威胁，学生百余人愤而分赴德意志、法兰西、英格兰留学，学习政治工商并水陆兵法，学成归来，或为将相。于是便有人赞美如今的日本"政事亦为之一变，乃傲视东洋"。其结论亦成了"游学诸国中，日本优于西洋"。然而，细数其原因乃有以下四点：

一、路途近，费用少，能够派遣大量学生。

二、日文与中文相近，易于通晓。

三、西学驳杂，大凡无关痛痒之处，皆已由日本人删减酌改。

四、中日国情、风俗相近，易于效仿，事半功倍，乃最优选择。

---

① 四人分别为伊藤博文，山县有朋，榎本武扬和陆奥宗光。——译者注

这便是留学日本的四点理由。去日本留学，并非仰慕日本固有之国风，乃是为学习西洋之文明。日本已经成功将西洋文明删繁就简，去粗取精，将其纳为己用。因此便不必再大老远跑到西洋去留学。就近前往日本，就可以便捷又直接地习得和吸收西洋文明之精髓。正是在这样一种便宜主义的驱动和鼓励下，人们才踊跃前往日本留学。我认为这么说亦是不为过的。当时，去日本留学的学生每年都在增加。所有的留日学生，其思想大多都同《劝学篇》大同小异。他们的确是在意图颇为曲折的情况下，才前往日本留学的。我必须承认的事实是——我自己也并非例外。正是因为德意志留学之不可行，才不得不取而代之地选择了日本。我参加并顺利通过了政府组织的留学生考试。而对于日本这样一个国家，我却是毫无预备知识的。有一个前辈同学在，比我们早一年毕业，曾经游历过日本，应该知道些情形。跑去请教之后，他郑重地说："日本的袜是万不能穿的，要多带些中国袜。我看纸票也不好，你们带去的钱不如都换了他们的现银。"于是，我将钱都在上海换了日本的银圆，还带了十双中国袜——白袜。就这么背着沉甸甸的钱袋，从上海乘船前往横滨。然而，这位师兄的心得还是有点过时了。在日本，学生要穿制服和皮鞋，中国袜完全无用；一元的银圆日本早已废置不用了，又赔钱换了半元的银圆和纸票。这都是后话了。

我于明治三十五年——二十二岁那年——二月，平安抵达横滨。日本啊，这是日本！我终于来到了先进国，可以全神贯注地钻研新学问了。这么想来，一种前所未有的，无法用语言表达的喜悦涌上我的心头。就连留学德意志的愿望，也在这份喜悦之中消融瓦解了。我觉得，这种不可思议的解放之喜悦，在我的人生之中，除了重建中国的那一天以外，恐怕是再也无法体会到了。之后，我又坐上了前往新桥的火车。眼望窗外，日本给予我一种独特而又直接的清洁之感。这种清洁感在世界上的其他地方是找不到的。田地被整理得（也许是无意识而为之）井然有致。与之相连的工厂街，虽然黑烟蒙蒙遮天蔽日，可一个个工厂之间，都给人一种微风习习之感。这种新奇的秩序感与紧张的气氛，在中国是完全看不到的。后来，每当我清晨漫步于东京街头，都能看到各家各户的女人头戴崭新的毛巾，绑起袖子，匆匆忙忙地用掸子掸着纸拉门。这种沐浴在朝阳之中的紧张，十分可爱动人。我心想，这就是日本的象征。甚至感觉自己也在某个瞬间理解了神国日本的本质。这种相似的、坚毅的清洁之感，在我最初对于横滨与新桥的一瞥之中，亦能轻易看到。总而言之，便是适可而止，绝无冗余。在哪里都见不到倦怠、懒惰的身影。来到日本真好啊——我在心中高喊着。在横滨至新桥的一小时车程里，我兴奋得根本坐不住。尽管有充足的座位，可大部分时间里，我依旧是站着的。到了东京，在师兄的关照下，我找到了自己的寄宿处，之后便去了上野公园、浅草公园、芝公园、隅田堤、飞鸟山公园、帝室博物馆、东京教育博物馆、动物园、帝国大学植物园和帝国图书馆，简直是流连忘返，整个人都痴迷了。就跟您之前所说的，您第一次到仙台时的那种兴奋一样。不，恐怕比您还要兴奋十倍，简直是欣喜若狂。我就带着这股兴奋劲儿，整日价在东京市内瞎逛。直到入学于牛込的弘文学院不久，我才渐渐地从这份甘甜的陶醉中醒来。曾经的怀疑与忧虑也一件件再次向我袭来。

我来东京，是明治三十五年前后的事情。自那之后，中国留学生的人数就开始急剧攀升。仅仅两三年间，东京就聚集了两千多名从中国来日本留学的留学生。为了迎接这些学生，东京陆陆续续地出现了很多学校。这些学校首先是为留学生们讲授日语，除此之外，还教授一些地理、历史和数学等相关科目的常识。其中也出现了一些恶劣学校，开办可疑的速成班。而在众多的学校之中，我入学的那所弘文学院则是留日学生的大本营。学校规模庞大，设备齐全，老师要求严格，学生也勤奋认真。可尽管如此，我依旧一天天委顿下去，什么事也做不了。原因之一，正如你刚才所说，数百只同样颜色的鸟聚在一起，看上去反倒颇为猥杂。同类之间，恐怕也有互相看不顺眼的可笑心理。而且，我也是中国的留学生，说来好歹也算是从中国特别选拔派遣而来的才俊，正是怀着这样的一种自豪感才努力学习的。可现如今，被选拔而来的才俊似乎太多了。东京市内到处都可见到他们徘徊闲逛的身影。我亦不免感到失望泄气了。到了春天，上野公园的万朵樱花争相盛开，望去确也像绯红的轻云，但花下也缺不了成群结队谈笑风生的、受选拔而来的清国才俊。有这帮家伙在这儿，我就无法心平气和地欣赏樱花烂漫的景致了。这些才俊们，头顶上盘着大辫子，顶得学生制帽高高耸起，形成一座富士山，再没有比这更滑稽的了。还有那稍微爱打扮的，为了不让制帽的顶端凸起，便把发辫平平盘在脑后，再抹上油，压得服服帖帖。真可谓费尽心机，花样百出。可脱下帽来，却有种男女莫辨的蹊跷之感。其背影出奇的妖艳，不禁令人浑身发抖。尽管如此，他们反而还要对像我这样剪掉辫发的人冷眼相向，真是无法忍受。此外，这些选拔而来的才俊们还一窝蜂地挤进城市的轨道车里，仿佛是为了展现礼仪之邦的风采，这些家伙们争相让座，吵闹不堪。甲说给乙坐，乙又让给了丙，丙谢绝了又劝丁坐，丁长鞠一躬又把座位让给了甲。日本的男女老少乘客全都看呆了。作揖未终，车就已经开了，车身一摇，这些人即刻跌作一团。我躲在角落里看着他们，当时的心情要说是羞耻也并无不可。然而，还是不应该过于苛责他们。如此不讲情面地对待同胞天真的谦让，我自己的态度恐怕也颇为装腔作势。自己也应该为此而感到抱歉。除此之外，还有一件事情让我颇为忧郁。那就是学生们根本就不努力。我自己并不十分了解中国革命运动的现状。似乎三合会、哥老会、兴中会等革命党和秘密会社，如今正以孙文为盟主，实现了团结和统一。孙文一派的民族革命思想与之前流亡日本的康有为一派的改良主义并不相容。康有为似乎悄悄离开日本，去了欧洲。现如今，孙文的所谓"三民五宪说"已经取得了压倒性的支持和优势。根据已经确立的纲领和主义，孙文一派开始进入实际行动阶段，越发活跃起来。孙文本人也现身东京，寻求日本仁人志士们的支援，开始进一步谋划种种策略。在这段日子里，东京似乎成了中国革命运动的根据地。留日的学生们也为此而蠢蠢欲动，似乎一旦找着机会便要高举反清兴汉的大旗，大有抛弃学业、投身革命之势。表达自己爱国之至情，本是无可厚非之事。可纷乱之中，借此爱国之名，谋一己之私利者亦有之。恶劣者有如一个学生，曾在我之前所提到的速成班里学习肥皂制造。留学仅仅一个月时间，就得到了可疑的毕业证书。之后便回国制造肥皂，大赚了一笔。还要大张旗鼓，自鸣得意地把自己吹嘘一番。这样的变节者，也是有的。偶尔，我有事会上神田骏河台的清国留学生会馆去一趟。每次都能听见二楼传来咚咚咚的、好似大乱斗一般的嘈杂之声，震得楼下的天花板都摇了起来，灰尘直往下掉，弄得整个楼下都乌烟瘴气。这种异常的状况似乎发生得太过频繁了。于是，有一天，我就去问办公室的人，二楼究竟在干些什么，竟弄出这么大的声响来。办公室的老人是个日本人，他一边苦笑一边告诉我，那是学生们在练习跳舞。我无法忍受了，我再也不能和这些才俊们待在一起了。对于中国来说，新学问乃目下当务之急。要对抗列强的威压和侵略，反清兴汉之政治运动的重要性是自不待言的。可是，我们学生所肩负的任务之所在，难道不应该是学习新的学问并以此探究列强威力之本质吗？对于孙先生，我当然是十分尊敬的。我拥护和支持他的三民五宪说，其程度绝不逊色于任何人。在这三民主义中的民族、民权、民生三条中，我觉得最容易理解的便是民生一条。我眼前时常会浮现出年少时的那三载春秋。为了治好父亲的病，我每日往返于当铺与药铺的柜台之间。误信了那所谓的名医——其实是骗子——之言，四处去寻找平地木、原配的蟋蟀之类的玩意儿。自己当时那悲惨的身影如今依然历历在目。在那些不眠之夜里，我的耳畔时常传来窃窃之声。那是我的凄惨呼号，是我听从愚蠢的迷信，为了唤回父亲的灵魂而进行的大声呼号，是我在濒死的父亲枕畔几乎喊破嗓子的号叫之声。中国的人民就是这个样子。即使到了现在，也没有任何改变。圣贤之言被用于虚饰生活。而人们则只知道一个劲儿地迷信神仙。庸医们把败鼓皮丸强行卖给病人，眼见他们日渐衰弱而无动于衷。面对这样的现状，究竟该怎么办呢？我对这悲惨的现状满怀愤懑，遂决定将自己的灵魂暂时交给洋鬼子。立下志向，学习洋学。为此，我告别母亲，背井离乡。我唯一的愿望，便是同胞之新生。不教化民众，又何谈维新与改革呢？而民众之教化，不靠我们学生，更要靠何人呢？不努力不行。必须要努力，努力，更努力地学习。那时，我读了中译本的《明治维新史》。从中了解到日本的维新思想是在一群日本兰医的刺激之下传播开来的。正是如此。正因为如此，日本之维新，才能收获如此灿烂辉煌的成功。当务之急乃是借科学之威力唤醒民众，培养他们对于维新的信仰。否则，无论采取何种革命手段，最终恐怕都难以收到成效。读了日本的维新史之后，我仿佛第一次找到了自己的人生方向——第一要务，乃是科学。清国如今借科学之力，大可对抗列强之侵略，保全国家之独立，小可润泽民众之生活，培养新生之希望与努力，这就是我天真的梦想。即便仅仅是梦想也好，我会为这个梦想而奉献自己的一生。我今后的人生或许会黯淡无光，或许会变得十分平淡。可我却会给予民众新生的活力，一个个地将他们渐次引向革命信仰之中。爱国之至情，其表现方式应该是多种多样的。未必在当下就要立即而直接地投身于政治行动之中。我现在必须更加刻苦地学习。在诸般科学之中，首先要学习医学。如今的我之所以明白新学问的必要，乃全拜年少时那位医生的欺骗所赐。当时的愤怒迫使我背井离乡，也让我在诸般新学之中，首度同医学结缘。当年，在父亲的枕畔，我大声悲呼着父亲的名字。那凄惨的叫喊声，无时无刻不萦绕在我的耳边，不停地激励着我奋发向前：成为一名医生吧。据《明治维新史》记载，当时的兰学者绝大部分也都是医生。不，他们中的很多人其实是为了了解西洋的医术，才开始学习荷兰语的。在日本，比起其他科学来，民众也更渴望较为先进的医术。医学，是与民众日常生活关系最为密切的科学了。治好民众的疾病，乃是对民众进行教化的第一步。首先，我要在日本学习医学。学成回国之后，我要一个个地将那些同自己的父亲一样受到庸医欺骗，只能一味等死的病人全部治好。我要让他们明白科学的威力，让他们尽早从愚蠢的迷信之中觉醒过来，致全力于民众的教化。倘若中国同外国发生了战争，我便作为军医随军出征。为了建设新的中国，我即使粉身碎骨亦不足惜。我就这样第一次具体地描绘自己的人生道路。可回过头来看看自己的周围，又都是些什么呢？是富士山形状的尖顶制帽，是城市轨道车里过分谦让的美德，是制造肥皂，是恍如大乱斗一般的舞蹈练习。今年二月，日本堂堂正正地向北方的强国俄国宣战。日本的青年们踊跃奔赴战场，议会全场一致通过了庞大的军费预算。国民们则忍耐着一切牺牲，每天听到号外的铃声便心潮澎湃。我认为这场战争没什么问题，日本一定会取得胜利。国内群情如此激奋，这场战争又怎么可能输呢？——我的直觉便是如此。

而与此同时,自这场战争爆发之后,我常常会感到异常的耻辱和羞愧。对于这场战争,各种各样的看法和见解因人而异。而我认为是清政府的虚弱造成了战争的爆发,清政府哪怕拥有一点点儿足够统治本国的实力,这场战争也就不至于像今天这样爆发了。日本进行的这场战争,看上去简直就像是在保全中国的独立。如此想来,对于中国而言,这难道不是一场不体面的战争吗?日本的青年们在中国的国土上英勇作战,抛头颅洒热血。可我们的同胞却无动于衷,仿佛隔岸观火。这种心理状态我十分难以理解。而且,同龄的中国青年们,居然还一成不变地在留学生会馆练习跳舞,更不要提什么奋起反抗了。我已经下定了决心。在不久之后,我就要告别这个留学生群体,去寻找别样的生活。说是自我嫌弃也可以吧。看见同胞们那副吊儿郎当的模样,我简直羞愧得无地自容。啊,我要去一个没有中国留学生的地方。我要暂时远离东京,忘记一切杂冗,一个人独自钻研医学,不能再踌躇不前了。我去了一趟麹町区永田町的清国公使馆,陈述了自己想去地方医学院上学的愿望。没多久,我就列籍于这所仙台医专了。再见啦,东京。再见啦,被选拔而来的才俊们。临别之时,到底还是凄凉伤感。火车从上野出发,经过一个名叫日暮里的车站。这"日暮里"三个字,倒与我当时的忧愁与伤感十分合拍,差一点儿落下泪来。不久又经过了水户站。这是明末遗臣朱舜水客死之处,追缅这位

Wandervogel 之老前辈的悲壮事迹，心中不免平添几分勇气。然后，我就到了仙台。之前便听说仙台是日本东北地区最大的城市，来了一看才发现，不过是一座连东京十分之一都不及的小城市罢了。城里人说的话，也并不是什么外语，可比起东京话来，语调则要生硬得多，听不明白的地方也不少。市中心倒是非常繁华，颇有东京神乐坂之趣味。可就整座城市来说，却有一种轻飘飘的感觉。作为东北地区的重镇，其实力还是略为稀薄，不够扎实。反倒是更北方的盛冈、秋田一带，倒是积淀了不少东北地区的丰厚实力。仙台虽运用所谓表面的文明开化之威力压服诸城，称霸北方，实则却给人一种战战兢兢小心翼翼之感。传说，是一位名叫伊达政宗的大名创建了这座城市。在日本，der Stutzer[①]这类热爱打扮的做作之人被称为"伊达者"。出人意料的是，仙台正好是这样的一座城市——毫无意义地矫饰出一派绚烂的都市风格。"伊达者"一词在最开始嘲弄的或许正是这座城市的浮夸风格亦未可知呢。总而言之，仙台这座城市本来就没有足够的自信，却还要强据"东北地区第一"这一名号，自称什么"伊达之城"，实在是矫揉造作，装模作样之极。不过，正如您之前所说，一个人从北方内地突然来到仙台，一下子见到这里的文明开化和豪华绚烂并为之深深

---

① 德语，爱打扮之意。——译者注

震撼折服，此亦是在所难免之事。这正是仙台开城之祖伊达政宗公的用意所在——凭借文明开化之威力与繁华，雄霸镇服整个东北地区。此种风气遂成为仙台传统。如今距明治维新已有三十七年，尽管对自身的空虚浅薄感到不安，仙台依然无法舍弃这种浮夸的乡绅气质。坏话虽然说了一箩筐，但我对仙台是绝对没有敌意的。地方的、产业缺乏的城市，往往都存活于这种令人可悲的装模作样之中。我自己往后的人生中最为重要的时期恐怕都要委身于仙台这座城市了，因此不免周到细心地考量它的性格，进而试着罗列出自己的不满。这样的风气，这样的城市，倒也说不定是个做学问的好地方。事实上，来到这座城市之后，我在学业上亦确实顺利不少。据说我是仙台这里最早的也是唯一的一个中国留学生。大概是物以稀为贵吧，大家都非常重视我。如您所言，即使是一只没有任何看头的鸟，单单一只停在枯枝之上，其姿态倒也并非毫无可取之处。羽翼虽然漆黑，看上去却仍然熠熠生辉。学校的老师们都对我非常亲切，好似接待尊贵的来客一般，这倒叫我自己有点儿不知所措了。受到如此饱含温情的对待，这还是我有生以来的第一次。他们一定是高估了我这只枯枝上的鸟了。在满怀感激的同时，我也感到了不安，害怕自己会辜负他们这番恩情。在同届的学生之中，我大约也算得上个稀罕人物。每天早上，在教室打了照面，他们大多都会冲我微微一笑。邻桌坐着的学生，还会把小刀和橡皮借给我。同学之中，有个名叫津田宪治的学生。他个子很高，来自东京府立一中，人有些许高傲自负，对我却最为热情关心。他会经常在一些细微之处提示我，诸如领子脏了啊，要拿去洗啦，下雨天要记得买长靴呀，甚至连衣着服装之事都要关照我。最后还特意跑来我的宿舍看了看，说这里不行，要我立即搬到他的住处去。我的住处在米袋锻造屋前街的宫城监狱署前，离学校近，伙食也很不错。我自己是非常满意的。可是，据津田君所言，这个寄宿处还兼供监狱犯人的伙食。"你既然是清国留学生之中的才俊，又怎能与囚犯吃一锅饭呢？这可不仅是你一人的面子不好看，贵国的体面亦会因此受损。所以必须要尽快搬走才行。"诸如此类的忠告，他跟我说了好几次。我笑着告诉他，我对此一点儿也不在意。可他依然认为我是在说谎客套，并一再执拗地劝我："听说中国人最重面子。与囚犯同吃一锅饭，还说自己不介意？一定是说谎。还是早点儿从这个忌讳的地方搬走，来我的住处吧。"他一本正经地说着这番话，可说不定内心里正在嘲笑我呢。虽然搞不明白其中奥妙，可一概推却朋友的好意进而惹他生气似乎也不太妥当。无可奈何之下，我搬到了这位津田君在荒町的住处。这下子离监狱确实远了，但伙食却不比以前好了。每天的早饭里都会有黏稠的生捣芋梗汤，这芋梗汤着实是叫人难以下筷，让我苦恼之极。有天早上，那位津田君正朝我的房间里望，看见我桌上还剩着这芋梗汤，便问我为何不吃。他还说这芋梗汤极有营养，不吃可是不行的。他还教我这芋梗的吃法：首先将芋梗汤与酱汁充分搅匀，拌出美味的芋头泥，再将这芋头泥盖在饭上就可以吃了。此后的每天早晨，我都不得不将这芋梗与酱汁搅匀，再盖在饭上吃。这位津田君，倒绝不像是什么坏人，只是他那种过度的亲切，时常叫我无言以对。不过，津田君这副好管闲事的性格也只是在当时叫我稍稍吃了一点儿苦头。事后想来，我对他倒也没有什么不满之处。总之，一切都很顺利。或许可以说是一段幸福的境遇吧。在学校能听到各种各样新鲜的讲义，而我也有种预感：似乎自己长久以来的夙愿，终于要在这里得以实现。诸般讲义之中，要数解剖学藤野先生的讲义最为有趣。讲义本身是死的，可先生的性格大抵还是会映现于其中吧。不光是我，其他的学生也都乐于听他讲课。据一位上学期因考试不及格而留级的老油条说，这藤野先生穿衣十分糊涂，有时竟会忘记系领结。冬天是一件旧外套，总是冻得瑟瑟发抖。有一回坐火车去，管车的都疑心他是扒手，还叫车里的其他客人多加小心呢。此外，先生似乎还有许多有趣的逸事。可他的心却是十分高洁的。他的讲义既富有热情，含义又十分深刻。在这一点上，他是超凡脱俗的。或许正是因为这个原因，班里的那些老油条们便觉得先生人善好欺，总是在先生讲课之时，莫名其妙地发出笑声，弄得整个教室闹哄哄的。第一节课的时候，这位先生弓着背，抱着一叠大大小小的书来了。他一将书摞在讲台上，便用缓慢而很有顿挫的声调，向学生介绍自己道：

"我叫藤野严九郎……"

刚说完，后面那几个老油条就全都笑起来了。不知怎的，这副光景让我觉得先生有点儿可怜。第一节课讲述的是解剖学在日本发展的历史，那些大大小小的书，便是日本人从最初到现今关于解剖学这一门学问的著作。其中也有杉田玄白的《解体新书》和《兰学事始》。先生以缓慢的语调为我们讲述了玄白在小塚原刑场解剖囚犯尸体的故事，讲述了他们当时的紧张和不安。这最初的一节课，就这样为我漫漫的前路带来了暗示和激励，亦深深触动了我的心灵。如今，我的人生理想，一言以蔽之，便是成为中国的杉田玄白。仅此而已。成为中国的杉田玄白，点燃中国维新的烽火。

在松岛的那间旅馆里，当时二十四岁的留学生周君，敞开心胸地向我讲述了如上所述的事情。当然，并不是周君一个人独自按顺序发表了这番中国现状与自身成长经历的长篇大论。我们稍稍喝了点儿酒，两个人断断续续，天南海北地聊到了几近天明。事后，我又多有补缀，才归纳整理得到如上这篇东西。总之，那天晚上，周君的这番心里话，让我十分感动。他和我这种家里父母是医生，自己也子承父业，稀里糊涂地去上医专的人可不一样。他心怀坚定而隐秘的意志，不远万里跨海前来学医。他的这份觉悟，让我颇为感叹钦佩。对于这位异国他乡的才俊，我心里也萌生出敬意。我也想尽我的微薄之力助他实现那崇高的理想。虽然帮不上什么大忙，但我的心中已经义气蓬勃。周君说我很像他的弟弟，而我也只有在和周君说话时，才能偷偷地把自己从乡下方言的自卑中解脱出来。我想，正是这些事情，成就了我俩亲密的友谊。不过，也没有必要一一列举这些理由。也许只是俗称气味相投的小奇迹发生在了不同国家的两个人之间罢了。可是，在这位列日本三景的松岛海岸边，两个孤独之人结下了一段不可思议的友情。而这种毫无功利性质、大方而自然的友情，却又时常会遭遇匪夷所思的麻烦。或许是这个世界容不下这样纯粹的友情吧。到头来总会有第三者被牵扯进来，嘲笑、猜疑或者干涉。那晚，在松岛的旅馆里，我们彼此之间都卸下了防备，天南海北，谈笑风生，想到什么就说什么。翌日，我们一起乘火车回到了仙台。

"多谢关照，那么明天学校再见。"

"哪儿的话，是我要谢谢你才对。"

我们互相道别，彼此都对这次意外而愉快的小小旅程感激不已。第二天早上，为了见这位新朋友，我特意起了个大早来到学校，把我的寄宿人家都吓了一大跳。可在校园和教室里，都没有见到周君的身影。一整天，我听了各种各样的讲义，颇觉落寞索然。我可没有周君那样远大而坚定的志向，自己也并非有志于医学。因此，虽是听了这许多讲义，倒也并没有觉得感激佩服或者新鲜有趣。那天，我还头一回去听了藤野先生的讲义，也并不像周君所极力褒扬的那么有意思。那时，藤野先生正好讲完骨学总论，开始讲授骨学分论。他把等身大的躯干骨架标本摆在自己的身边，仿佛这是亲人的骨架一般，满怀温情地抚摸着。他言辞恳切，认真详细，仿佛要把自己的知识一丝不苟一字不差地传授给听讲的学生。该说他负责，还是该说他死板呢？如此烦琐复杂，让我这个急性子颇觉厌烦。总之我是受不了。后来我才知道，解剖学这门学科，本就应当烦琐复杂如是。可尽管如此，对于藤野先生这番反反复复来来回回的热心解说，我还是消受不住。他那时也曾好好地打了领结，却一点儿也没有超凡脱俗的样貌。脸黑黑瘦瘦的，给人一种严谨之感。他的眼睛，深藏于铁框眼镜的深处，无时无刻不在睥睨着四周。哪里谈得上什么亲切，看上去简直要比任何老师都难缠棘手。话虽如此，可教室后面的那些老油条们——像周君所说的一样——还是会莫名其妙地进出阵阵笑声，弄得整个教室闹哄哄的。然而就我观察所见，这些留级生其实是在藤野先生过于严谨认真的课堂上（说是过于循规蹈矩也并无不可）感到压抑，因此才反过来虚张声势，那意思好像是："这种可笑的讲义，怎么配得上我们这些久经战场的老兵呢？新生们，可不要这么紧张。"我不禁怀疑，他们的这些行为是否算得上是某种示威活动。就好像藤野先生一下把这些家伙全都给了不及格，而他们心怀不满，于是便在藤野先生的课上有意捣乱。总而言之，藤野先生的讲义，绝不像我所预期的那样春风骀荡。他的讲义，是近乎痛苦的、严肃而无聊的东西。这种痛苦之感或许在我尤甚。之所以这么说，乃是因为先生在讲课中似乎十分注意自己的遣词造句。我自己因为乡下方言的缘故，也有过类似的苦恼经历。因此我非常能够体会和同情他的心境。也正是由于这个原因，我所感受到的痛苦才异常强烈。先生说话有很浓重的关西口音。为隐藏这一点，他确实下了不少功夫。但是，就连外国人周君都能辨别出他口音中的特殊之处，更何况讲课的时候了，想必依然是夹杂着关西口音的。如此观之，这位藤野先生和我，还有周君三人之所以能结下亲密的友情，不为别的，不过是因为日语说得不标准而臭味相投罢了。这么说来确实没什么人情味儿，不过倒也算不得什么正经的推论，大约只是胡思乱想的玩笑而已。然而，当时的我确实是十分在意自己的乡下口音。这也成了我初次与周君邂逅，并产生共鸣的肤浅契机之一。我之所以一而再再而三地重申此事，乃是因为我并不想否认这一点。可即使到了现在，我仍然想说：我们日后的友情绝不仅仅是因为这么一个肤浅的理由才建立的。然而，其他的更为宏伟崇高的理由又是什么呢？其实我也弄不清楚。究竟是什么呢？恐怕一言难尽。硬要说的话，也只能是"气味相投"吧。这个词用在我和周君这样的年轻人身上似乎还比较自然。如果再加上藤野先生，这个词似乎又显得有点不礼貌了。就算说是气味相投，也好像有点儿词不达意。后来，我也曾努力去超越我们三人之间的这些日语不纯正或者气味相投的狭隘观念，去寻觅更为高远宏大的东西。可那究竟是什么东西，我却怎么都想不明白。是所谓的相互尊敬吗，还是所谓的友爱邻人呢？抑或是被人们称为正义的东西？不，我隐约觉得，这个东西应该更为宏大高远，足以统摄以上所说的一切。或许是藤野先生所常说的"东洋本道"？说不定也切中了一些要害，不过具体是怎么回事，还是弄不清楚。从藤野先生的关西口音之中，我竟引申出了这样一番不可思议的论调。可归根结底，在后来的日子里，我们三人的友情绝不仅仅是因为所谓的"日语不纯正"才建立的。如果仅仅是被人们当作什么日语不纯正小组，那也未免太令人惋惜了——我正是怀着这样的想法，才一而再再而三地为此申辩的。我们之间的这种同盟，其本质究竟为何，我是无力于此下判断的，大概只能去寻求某位思想家的意见了。我如今只想将恩师和旧友的面貌原原本本地呈现于纸上。得陇望蜀之事，是不敢奢求了，还是老老实实写这篇贫乏的手记吧。

上文已经提到,借松岛之奇遇,我得以和周君结为知己。然而我们的友情却会时常遭遇麻烦和干涉。这位令人不悦的介入者,很快就出现在了我完全没有预料到的地方。那天,我为了与周君见面,破天荒地起了个大早来到学校,却连他的影子也没有见到。而之前所期待的藤野先生的讲义,也严谨得有些死板,以至有些难熬了。结果,当天没有发生任何有趣的事情。傍晚下课之后,我正迷迷糊糊地走出校门,突然听见身后有人叫我:

"等一等。"

我回头一看,是个身材很高、鼻子很大、满面油光的学生,他站在那里,一脸做作的微笑。我和周君之间的最初介入者,就是这个家伙。他的名字叫津田宪治。

"我想跟你说几句话。"他语气蛮横,不带任何口音。说不定是个东京人吧,我心里紧张起来。"在一番巷附近一起吃个晚饭如何?"

"嗯。"面对东京人,我是极端沉默的。

"你答应了?"他咚咚咚地走在了前面。"那么去哪好呢?东京庵的天妇罗荞麦面条太油腻了,吃不得。兄弟轩的炸肉排又硬得像块鞋底。仙台这个地方,真是找不到什么好吃的啊。要不,走到哪算哪吧,随便找个凑合的鸡肉火锅吃一吃算了。

或者，你知道什么好地方可去吗？"

"没，不知道。"我已经被对方的气势完全压倒，话都说不圆全了。这个江户儿模样的学生，到底有什么话要跟我说呢？我心里颇为不安。他似乎完全不在乎我的感觉，仿佛是我的长官一样，英姿飒爽地走在前面，自顾自地说着话。而我这个乡下人则完全插不上嘴，只能默默地跟在他的后面，暗暗地苦笑。

"那还是先去一番巷看看，找个新去处吧。要是能吃到美味的蒲烤鱼串就好了。仙台的鳗鱼是有筋的。"他大肆发挥了一番，还真把自己当成了行家。鳗鱼的筋究竟是什么东西？这个谜深深地沉淀在我的心里。直到四十年后的今天，我依然弄不明白。之后，我们来到了可以称作仙台之浅草的东一番巷，进了一家他所谓的走到哪算哪的小饭馆，吃了——用他的话来说是"凑合的"——鸡肉火锅。他与我隔桌而坐，先递了一张名片给我。仙台医学专门学校，班委会干事，津田宪治。他究竟是医专的老师兼班委会干事呢？还是学生呢？又究竟是几年级的班委会干事呢？总之这串头衔模模糊糊，不清不楚，或许这便是他的用意所在亦未可知。当时，专门学校的学生与如今可大不相同，在社会上受到的可是绅士级别的待遇。因此，很多学生都有名片，上面印有自己所属的学校。不过，把这般莫名其妙的头衔印诸其上的名片倒委实罕见。

"啊，是吗？"我拼命忍住笑，开始自我介绍，"我没有名片，我叫田中……"

"不用说了，我知道你。田中卓，H 中学毕业。你可是班上的危险人物，总也不来学校上课，不是吗？"

我心下生气了。不怎么来学校，就至于这般大张旗鼓地说我是危险人物吗？真是没有礼貌。我没有理他。

"开玩笑，开玩笑。"他笑了。"你的事情，我昨天都听周君说了。那天晚上，你们在松岛的旅馆聊了个通宵，一宿没睡对不对？多亏了您，周君感冒了，现在正卧病在床呢。他好像有 Lunge[①]的症状，以后可不能这样通宵胡来了。"

当时，我一下子就想起来了。那天晚上，周君说过，有个同学对他有些过分亲切，让他略略有些吃不消。而那个学生的名字，似乎就叫作津田。原来那位教他吃芋头泥的人，就是眼前的这位美食家啊。

"发烧了吗？"

"嗯，其实也没有多严重。不过他的体质似乎也不太结实，所以还得再休息两三天。外国人嘛，我会好好照顾他的。鸡放在水里煮就行，喝点儿酒吗？"

"嗯，都行。"

---

① 德语，肺病之意。——译者注

"肉太硬了可不好吃,再用刀好好拍一拍。这样就凑合了。"

我禁不住扑哧一声笑了出来。我突然发现津田的上腭全是些难看的假牙。兄弟轩的肉排硬如鞋底啊,还有什么鳗鱼筋的说法啊,拿刀好好拍一拍鸡肉呀,恐怕跟这些假牙都脱不了关系。

"真是的。"津田似乎误会了我的笑,说道,"真是服了,汤淡得跟清炖一样。乡下人做菜,也就只会拿刀拍拍肉了。"

于是,他点了一些酒和拍松的肉,又自个儿煞有介事地调弄起锅底来。

他边喝酒,边对我说:"你呀,和外国人交朋友,不多多注意可不行啊。现在可不比别的时候,是战时,可不能忘了啊。"他突然开始说起这些怪话来。

我愣了一下:"啊?"

"别啊了。我是东京府立一中来的。战争开始之后,东京的那种紧张程度,对这样的乡下地方来说可是完全无法想象的。"他端起架子来了。"清国留学生,在东京有成千上百。算不得什么稀罕人物。"他说得越来越神乎其神,"可是,这种留学生问题,不慎重考虑一番可不行。为什么呢?因为日本如今正同北方的强国交战。旅顺还没有攻陷,俄国的波罗的海舰队似乎也正在开赴东洋,事态说不定会变得异常麻烦和复杂。现在,清政府虽然对日本依旧保有善意的中立态度,可以后会怎么样,谁也不清楚。清政府本身也是大厦将倾,摇摇欲坠了。你们都不懂,革命思想现在在中国可是如火如荼,大有燎原之势。肉煮好了,不吃一点儿?煮硬了就不好吃了。这些革命思想的狂热分子啊,就是这些留日学生。这么一来,问题就复杂了。这几句话咱们就在这里说说,可千万不要传出去。为什么说我这么了解中国的内情呢?那是因为,我舅舅津田清藏,知道吗?津田,然后是清澈的清,藏写作藏,清藏。不会不知道吧?果然是乡下啊,什么都不知道。这话从我嘴里说出来可能比较奇怪,但是舅舅如今可是日本外交界的顶梁柱。你要是不知道也没办法。总之,有这样一个舅舅在,我也自然而然地成了外国通了。这个肉实在是太难吃了,要把肉裹上鸡蛋,好好地搅匀了才好吃。他们一定是为了省下那点鸡蛋,有股奇怪的面粉味儿,对不对?这像什么话。唉,乡下就是乡下,真是没办法,吃吧。话说回来,这个革命思想啊,可是机密。咱们也就私底下说说,你好好听着,也别往外说。现在,他们的总部在日本。吓了一跳吧?要不要我再给你详细说说?东京的清国留学生,就是他们的核心势力。怎么样?是不是觉得越来越有意思了?"

可我却觉得一点儿意思都没有。关于中国的革命运动,比起他那些不靠谱的"咱们私底下说的话",我早已从周君那里知道了更多的详细情况。所以,我对此也丝毫不感到吃惊,只是一边暧昧模糊地敷衍附和这个外国通悄悄告诉我的"机密",一边专心致志地吃我的鸡肉火锅。作为一个乡下人,我并没有从这锅饱受恶评的肉里吃出什么面粉味儿来。相反,我倒觉得锅里的肉非常美味可口。

"问题就出在这里。请你今晚好好地想一想,清政府出资派遣学生留学日本,而这些留学生们如今却举起了打倒清政府的大旗。是不是很奇妙?就好像清政府正出钱让这些留学生去研究如何推翻自己的统治。对于这些留学生的革命思想,日本政府如今是视而不见的,可日本的民间侠士们却已经开始进一步援助革命运动了。你可别吃惊,像孙文这般的人物,中国革命运动中的头号英雄,据说早已在日本侠客——那个宫崎[①]什么的家中藏匿许久了。孙文——这个名字还是记住为好——有着狮子一般的气质,似乎是个颇为厉害的角色。留学生们对他可是言听计从,绝对的信任。而孙文的顾问,就是以宫崎为首的一群日本民间义士。如今可是千钧一发的时刻了。日本政府倘若继续睁一只眼闭一只眼,放任革命思想在其首都东京蔓延,听凭反清运动在其领土蓬勃发展,那么清政府的对日态度

[①] 宫崎滔天,出生于日本九州熊本县的一个武士家庭。1897年结识孙中山,从此追随孙中山支持中国革命。1902年出版《三十三年之梦》一书,描述追随孙中山的革命事迹。1905年加入中国同盟会,1906年主持创办中国同盟会重要宣传刊物《革命评论》。1911年追随孙中山北上返沪,见证了孙中山就任中华民国临时大总统。1922年12月6日因病去世,终年51岁。孙中山称赞宫崎滔天为日本之大改革家,对中国革命有极大之功绩,其逝世使中国人民失去一良友。——译者注

又会变成什么样呢？此事若放在平时，倒也无所谓。如果革命是将中国这样文明传统源远流长的大国从列强的侵略之下解救出来的必要手段，那倒也不必顾忌清政府的面子。就是我，也会前往孙文的麾下，供其驱策，呐喊助威。日本人，这般义气还是有的。大和魂的本质不就是义气嘛。可你也知道，日本如今已经押上了国运，与北方强国俄国交战正酣。万一清政府与日本交恶，一改现今的友善中立态度，转而倾向于俄国一方，那又该如何是好呢？若真是这样，这场战争可就不好打了，日本也将陷入空前的险境，不是吗？就是这儿了，明白了吗？这就是外交的秘诀所在了。一面打仗，一面外交。有什么好奇怪的？你可要好好听我说，这可是国家的重大问题。你啊，从刚才开始就一个人咕咚咕咚地一个劲地喝酒，结账的时候能行吗？我身上可没这么多钱。你到底带了多少钱啊？不事先做好本国的财政预算还怎么打仗？赶紧调查一下，报告给我听。"

我拿出自己的钱包，检查了一下囊中的金额，报告给了我们的外务大臣。

"可以，没问题。这些钱足够了。我也有五六十钱。再喝几杯吧。肉我就不吃了，弄点儿清淡的汤豆腐吧，乡下菜里边，汤豆腐还算凑合能吃的，不是吗？"

话虽这么说，可我还是觉得这凑合的汤豆腐和他的假牙有着难以撇清的关系。

换了锅,又添上来一些酒。

"你吃得不少,喝得也够多的嘛。"他恶狠狠地盯着我,而我正一边呼呼地吹着豆腐,一边不停地倒酒喝。"你们在松岛那会儿,也喝了不少吧?可能我问得有点儿仔细,当时你们谁付的账?这可是个很重要的事情。"他换了一副语调,说道。

我放下筷子,回答道:"我们一人一半。本来我要付账的,可周君说什么都不让。"

"不行。你这样可不行。由一事而知万端,你以后还是不要再和周君来往了。国家的方针政策,你完全搞错了。不管周君怎么说,你都应该把所有的账都一个人付了。同外国人交往的时候,你必须要把自己当作一个外交官。首先,你必须要给他们留下这样的印象——所有的日本人都非常友善亲切。我舅舅他们在这一点上可是费了不少心思的。不管怎么说,现在都是战争时期。对于中立国家的人,不得不采取复杂而微妙的外交手段。而中国的留学生,又是最为难棘手的。这些学生是清政府派遣而来的,暗地里却又意图推翻清政府,倘若对此行径一味放任,岂不是有悖于日本政府的外交方针吗?光友善亲切是不够的。要以一种领先者的态度,一面加以亲善,一面加以指导。我认为,这才是当今外交官们的秘诀,不是吗?秘诀就在这儿啊,明白吗?可不能让对方发现你的弱点。一起出去玩的时候,一定要把两个人的账都付了。时不时地要先行一步。

我可是为此伤了不少脑筋啊。之前，有一次班会的时候……那次你好像没来参加，今后不来参加可不行啊。那次班会的时候，藤野先生就对身为干事的我说了，与留学生交往的时候，务必多加小心。"

这句话我却不能置若罔闻了。我感觉自己似乎被藤野先生背叛了。

"怎么可能？藤野先生怎会采取如此愚蠢的外交策略……"

"你胡说些什么呢？什么叫愚蠢？不许说这种失敬的话了。你这个非国民[①]！战争时期，但凡来自第三国的人，都有可能是间谍。特别是这些中国留学生，一个不落，全都是些革命派。为了实现革命进而求助于俄国也不是不可能的事情。当然有必要对其进行监视，要一面亲善，一面监视。正是为此，我才把那个留学生拉到我的宿舍来住。在照顾他的同时，还能为日本的外交方针添上自己的一份力。"

"什么呀？你所谓的这些努力，未免也太小气了吧？"我已经喝得有些醉了。

"啊？太小气？这种话，亏你也说得出口。你果然是个非国民，不良少年。"他变了脸色，继续说道，"肥胖的蠢货。乡下也有你这样的不良少年啊。连我舅舅的名字都不知道，未免

[①] 非国民，日本对忘记国民义务之人的蔑称。特指在第二次世界大战前和大战期间，对军队和国家政策持批评和不合作态度的人。——译者注

也太不成体统了吧？回去多读些书吧。你这家伙，迟早会留级的。滚吧。把你自己的账付了，赶紧滚蛋。肉也好汤豆腐也好，好像都是你一个人吃的吧？"

我把钱包里的钱都倒在了席子上，默默地站了起来。

"你要干什么？啊？"津田撑着两只胳膊，满不在乎地大声嚷道。

我一阵苦笑。

"再见。"我说完便走了出来。果真是无聊之极。好，那我明天便直接去找藤野先生问明真假吧。说周君有可能是间谍，还说我是非国民，是不良少年，我可没法就这么忍气吞声下去。我回到了县厅后面的寄宿宿舍，在井边洗了脸和手脚，心情终于稍稍爽快一点了。那天夜里，我睡得非常踏实。第二天一早，我便干劲十足地来到学校。在上课之前，我先去了趟藤野先生的研究室，敲了敲他的门。"请进。"里头传来先生的声音。我毫不犹豫地推开门，只见晨光溢满整个房间，而先生正在上肢骨、下肢骨还有头盖骨等一堆颇为恐怖的人骨标本之间，泰然自若地看着报纸。他把转椅扭向了我这边，又把报纸放在桌上，问道：

"有事吗？"研究室里的藤野先生，似乎要比教室里的那个人和蔼得多。

"那个……是不准我们同第三国的人来往吗？"

"啊?什么?"先生一口的关西口音,反问道。

"周君的事情。"听到先生的关西口音,我情不自禁地笑了,心情也随之安定下来。于是我便镇静地把要说的话说了出来。"昨天有人对我说,不准与周树人君来往。"

"是谁说的?"

"名字就不跟您说了,我不是来告他状的。只是听他说先生做了如此的吩咐,因此才来问一问是真是假。"

同面对周君时一样,面对藤野先生的时候,我也能顺利地把想说的话说出来。理由我之前也已经啰唆了好几次。不过我想,归根结底恐怕还是跟藤野先生和周君的人品有关吧。在面对他们的时候,我心里总会感到莫名的安定。

"奇怪了。"先生对此似乎非常不满,他一边捏着唇髭,一边说。"我怎么可能说出这样的无稽之言呢?"

"但是,"我冷冷地说,"班会的时候,先生不是说……"

"啊,津田君是不是?那个冒失鬼……"藤野先生笑了。

"所以,是他胡编乱造的咯?"

"不,我说了,我确实是说了。"他瞬间变成了讲义时的那种严肃语调,对我说道,"这是我们学校第一次有中国留学生前来留学,而且还只有他一个人。同他一起学习医学,往小了说,是促进中国新医学的诞生。往大了说,则是两国合力,以图尽早将西洋医学吸纳进东洋之中,进而推动世界医学的新进步。我希望班委会的干事们，能够胸怀这样的干劲和斗志，所以才对当时的津田君说了这样的话。除此之外，我没有再说别的事情。"

"是吗？"我似乎感到有点儿扫兴，"您不是说，现在是战时，第三国来的人都有可能是间谍吗……"

"这是什么话？来，你看看这个。"先生把桌上的报纸推到我的面前。

报纸上，大字写着：

> 天皇行幸赤坂离宫观菊会，国内外与会人士四千零九十二名。

看了这样的标题，不读正文我也明白了。"国家之光，悠远瑷瓘。这一点是我们应该确信的，不是吗？"先生垂下眼睛，语重心长地说，"国体①之盛德这种话，说出来也不知道合不合适。我在战争之中，却是有深切体会的。"他话锋突然一转，问我，"你是周君的好朋友吗？"

"不不，也没有要好到那种程度。不过，我今后倒是很想和周君好好相处。周君心怀的理想要比我崇高得多。他正是为

---

① 国体，以天皇为伦理、精神、政治核心的国家形态，第二次世界大战前日本广泛使用的词语。——译者注

了这理想才来到仙台的。他为了治父亲的病，从十三岁时开始，连续三年每天都奔走于当铺和药店之间。父亲临终之时，他还喊破了喉咙，想把父亲的魂叫回来。可最后，他的父亲还是去世了。他说，自那之后，他自己的叫声就一直萦绕在他耳边，驱之不去。因此，周君说，他想要成为中国的杉田玄白，想要挽救中国那些不幸的病人。仅仅因为这样，就把他当成革命思想的狂热分子，还对他采取什么一面亲善、一面监视的外交手段。这种做法是不是太过分了呢？周君的确拥有那种青年人才有的热血而崇高的理想。而我恰恰认为，青年人不胸怀理想是绝对不行的。所以，所以青年，只要有理想，只要有理想……"我站在那儿，说着说着，眼泪竟流了下来。

"革命思想。"先生低声沉吟，仿佛自言自语。沉默了片刻之后，他又望向窗外。"我认识一家人。他们家老大是农民，老二是法官，老幺有点不一样，是个艺人。刚开始的时候，兄弟之间好像总吵架。可到了现在，兄弟之间似乎又开始互相尊重了。并不是要讲什么道理，怎么说才好呢？即便各人都有各自想开的花，可整个家才是那一朵最大的花。家真是一个不可思议的东西啊。他们家要说地方名门倒是有些夸张了，可要说是地方上有点历史和来头的家庭，那是完全不含糊的，而且即使到了现在，他们一家也依旧受到当地人的信赖和爱戴。我觉得整个东洋应该是一个家。各个国家的面貌不尽相同也并无不可。关于中国的革命思想，我知之不深。可我感觉，三民主义这个东西正是根植于民族的自觉，不，正是根植于民族的自发之中。说到民族自觉这个词，难免有种事不关己高高挂起的感觉。可自发却是为了家庭之兴隆，乃是最最值得高兴的事情。我所想要的，是各民族历史的开化，而并不是要我们去多管那些琐碎的闲事。中国也有许多了不起的人。我们如今所思考的这些事情，中国的先觉者们，恐怕也早就认真地思考过了。唔，是民族自发。这也是我在期待着的。中国的国情，与日本是有所不同的。有人认为，中国革命会破坏了中国的传统，因此不应该进行革命。可是，我的观点却不一样。我认为这种革命气概，正是诞生于中国承继下来的那股优良传统之中的。被切断的，仅仅是形式而已。家风或是国风，这样的传统是绝对不会中断的。所谓的东洋本道，其潜流在任何时间、任何地点都是源源不断的。而在这条本道之上，我们所有的东洋人都是联系在一起的。可以说，我们正肩负着相同的命运。就像我刚才提到的那家人，尽管各自开的小花多种多样，可聚拢起来还是一朵大花。就怀着这样的信念，同周君好好交个朋友吧。可不要把事情想得太复杂。"先生一边笑，一边站了起来，"一句话，不要把中国人当傻瓜，就这么简单。"

此时，上课铃已经响了起来。

"教育敕语①是怎么说的？相信朋友，交朋友就是互相信任。除此之外，别无他法。"

我心里燃起一股冲上前去与先生握手的冲动，然而我最终还是忍住了。正要郑重地与先生道别的时候，他问我：

"我好像没怎么见过你呀，你来上过我的课吗？"

"啊……"我哭笑不得，"今后一定来。"

"是新生吧。唔，大家都要互相鼓励！我会好好和津田君谈一谈的。上次班会，我也说了些不必要的话。今后，我也要不言实行。"

我从藤野先生的办公室出来，到了外面的走廊下面，心下长出了一口气。原来如此啊，怪不得周君如此夸赞他。真是一位高尚的老师，而周君的眼力也很不错。总之，我心中对他俩的感佩之情是旗鼓相当的。自此之后，我对藤野先生的崇拜之情，也丝毫不逊于周君了。上他的课时，我也一定会坐在最前排，认真地记笔记。周君今天来学校了吗？我真想早一点见到周君，于是，我便急急忙忙地赶去教室，可还是没能看到他的身影。而津田那双令人讨厌的眼睛，却闪着锐利的光。不过，我的心情已经变得开朗宽大起来，也就微笑着跟他打了声招

---

① 教育敕语，是日本明治天皇颁布的教育文件，其宗旨成为第二次世界大战前日本教育的主轴。第二次世界大战后，在美国为首的同盟国占领军主导之下，教育敕语于1946年起从教育体系中被排除；但是，教育敕语中提倡道德教育的内容在《教育基本法》中仍被保存。——译者注

呼。津田似乎也不是坏人。一开始他有些不知所措，后来也笑着跟我打了招呼。不过，那天，整整一天，我们都相互避开对方，没有再多说一句话。下课后，我本想去探望一下周君，看看他的病情怎样。可不太清楚他的具体住址，再加上同他住在一起的津田肯定又会对我进行一番说教。我心下便觉无趣，于是就直接回自己的宿舍去了。吃过晚饭，我无所事事地从宿舍里出来，往东一番巷走去。今天，松岛座上演中村雀三郎的一场《先代荻》①。仙台的《先代荻》究竟会演成什么样呢？我对此颇感兴趣，倒也想去瞧一瞧，于是便买了张站席票进去了。《先代荻》，众所周知，是以仙台伊达藩的家族内乱为蓝本而改编的戏剧。在榴之冈附近，还有政冈的墓，想必这出戏在仙台定是大受欢迎的。可到了后来，我才听说事实正好相反：这出戏在旧藩时代是被禁演的。直到明治维新之后，禁令才取消，这出戏才得以自由上演。可即便如此，在仙台市内，这出戏依旧未能风靡起来。即使有时改了戏名上演，城里那些被称作旧藩士的家伙还是会找到戏班的班主，说即便有政冈这样的贞洁烈女在，这出戏在整体上还是损害了伊达家的名誉。因此，他们发出了严正的抗议，要求禁演。到了明治中期，也就没有人要求禁演了。可同时期的仙台观众们，对这出戏，因为

---

① 歌舞伎剧目。——译者注

是取材于自己旧藩的事件，所以似乎并没有什么特别的兴趣和好奇。这出戏讲的故事究竟发生在哪里，也完全没有人关心。仅仅是将其当作一个普通的感伤剧，静静地观看而已。不过，当时的我并不知道这其中的许多缘由，还以为仙台的观众在观看这出《先代荻》时会有多么兴奋和狂热呢。我满心期待，还想看看他们欣喜若狂的模样。谁知进了剧场才发现，观众们竟然出乎意料地冷静，当时的上座率也只有五六成。我这个刚从乡下来到大城市的乡巴佬，心中一面奇怪，一面也不禁感叹：果然是大仙台的市民啊，竟能如此平静地观看家乡故事的上演，这或许就是大都市的气度啊！之后，戏演到了愁叹场[①]，雀三郎扮演的政冈长叹一声："可真是叫人怜爱啊。"场景感人至深，我看着看着，不禁流下泪来。不经意间，我往身旁一瞥，竟然看见周君也站在一旁，他果然也在流泪呢。见到这副光景，我眼泪又开始扑簌簌地往下掉。我先是飞奔到了走廊上，一个人痛苦地大哭了一阵。擦干眼泪之后，我又回到了站席区，拍了拍周君的肩膀。

周君见了我，笑了。他一边笑，一边还用手背抹着眼泪，问我："你刚才一直都在这里？"

"嗯，这一幕开始的时候就在看了。你呢？"

[①] 戏剧中表现悲伤的咏叹场。——译者注

"我也是。这出戏让小孩子来演,真是让人忍不住掉泪啊。"

"出去吗?"

"嗯。"

周君和我一道从松岛座走了出来。

"听津田君说,你感冒了。"

"啊,连你都知道了。这个津田君,真是拿他没办法。我只要稍微咳嗽一下,他就逼着我上床休息,还说是什么Lunge。他还为我没有邀他同去松岛而生气呢。他才是Kranke[①],Hysterie[②]。"

"你没什么大碍就好,不过,身体还是有点儿不舒服吧?"

"没事啦。Gar nicht[③]。津田君让我躺着,这两天我就只能躺着看书。我闷得受不了,就偷偷逃出来啦。明天我就去学校。"

"是啊。你要是对津田君百依百顺,说不定还真会染上肺病呢。要不干脆换个宿舍吧。"

"我也想过呢。不过,要是真搬了出去,津田君就寂寞了呀。他人虽有点儿啰唆,可还是有正直的一面的,我也并不是那么讨厌他。"

---

① 德语,病人之意。——译者注
② 德语,歇斯底里之意。——译者注
③ 德语,没有之意,这里可理解为完全没问题。——译者注

我脸红了。与津田君比起来，恐怕我的嫉妒心还要强得多吧。

"你冷不冷？"我话锋一转，"去吃点儿荞麦面吧，怎么样？"

不知不觉间，我们来到了东京庵的门前。

"宫城野的是不是更好吃一点？听津田君说，东京庵的天妇罗荞麦面油得不能吃。"

"哪里，宫城野的天妇罗才叫油呢。不油的天妇罗，都是冒牌货。"

周君同我一样，在品尝美食方面都不太在行。

我们走进了东京庵。

"那就吃一碗油腻的天妇罗荞麦面试试吧。"周君似乎对油腻的天妇罗很感兴趣。

"好，那就吃这个。我有种预感，这儿的天妇罗荞麦面一定会出乎意料的好吃。"

我们点了天妇罗荞麦面和酒。

"听说贵国是烹饪之国呢，来日本之后，会不会觉得吃的东西都做得太糙了？"

"哪里，没有的事。"周君一脸认真地摇了摇头。"烹饪之国，那都是来中国游玩的外国人说起来的。那些有钱人是来中国享受的，之后回了国，就成了中国通啦。日本的那些中国通，也都是些自以为是、满怀偏见的人。这些所谓的通们，归根结底不过是些游离于现实之外的卑怯之人。能在中国吃到所谓美味佳肴的人，只有为数不多的有钱人和外国的观光客。普通的老百姓，吃得都是很糟糕的。日本也是一样吧？日本旅馆里的那些宴席，一般的家庭也是吃不起的吧。可外国来的游客也会把这种旅馆的宴席菜当作日本的家常菜来吃。中国绝不是什么烹饪之国。我来东京的时候，师兄曾带我吃过所谓的中餐，八丁堀的偕乐园啊，神田的会芳楼啊，那可是我生平吃过的最好吃的中国菜。我来日本以后，从来没有觉得有什么东西吃起来特别糟糕的。"

"那，芋头泥呢？"

"那个啊，另当别论吧。不过，自从我学习了津田式调味法之后，也能吃下去了。还挺好吃的。"

正说着，酒端了上来。

"日本的戏怎么样？有意思吗？"

"对我来说，日本的戏剧似乎远比日本风景更好理解。其实前些天，松岛的那片美景，我现在依然参悟不透。对于风景，我和你差不多……"他话说到一半，忽然止住了。

"无感，对不对？"我肆无忌惮地说。

"嗯，对，确实如此。"他似乎感到非常难为情，眼睛一眨一眨地，"我小的时候非常喜欢看画。可对于风景，倒并没有那么大的兴趣。还有一项不擅长的，就是音乐。"

我脑中立时浮现出他之前在松岛唱的那首《云之歌》，不禁扑哧一声笑了出来。

"日本的净琉璃怎么样呢？"

"嗯，还不错。与其说是音乐，倒不如说是Roman[①]。可能因为我是个俗人吧。所以，比起那些阳春白雪的风景和诗歌，我还是更喜欢平易近人的民间故事。"

"松岛座比松岛有意思，对不对？"我虽是乡下人，可在周君面前，嘴里却能潇洒自如地蹦出些俏皮话来。"这阵子，电影在仙台可是大受欢迎呢？你觉得怎么样啊？"

"我在东京看过不少，可却对此感到担心。把科学应用在娱乐上是非常危险的。美国人对待科学的态度，从根本上来说就是不健康的，是邪门歪道。享乐可不是什么应该进步的东西。在古代希腊，有个音乐家发明了多了一根弦的新式琴，之后不就被人们驱逐了吗？中国有本书叫作《墨子》，里边也有类似的记载，说有个叫公输的发明家，用竹子制作了一只喜鹊，拿去展示给墨子看，还自鸣得意地说这只竹鹊能在天上盘旋三天。墨子一脸不屑，说这玩意儿还比不上木工做的车轮，说完便把那危险的玩具给扔掉了。我认为爱迪生这样的发明家

[①] 德语，浪漫传奇之意。——译者注

才是世界上的危险人物。享乐，即便是原始的形式，也已经足够多了。从酒到鸦片，确实是进步了，可这鸦片又把中国变成什么样了呢？爱迪生那些多种多样的娱乐发明，最终不都难免会导向这样的结果吗？我很担心。再过四五十年，又会有许许多多的爱迪生前仆后继而来，世界就会因此而走向享乐的死胡同，一副惨绝人寰的地狱绘卷将会在我们眼前展开。若说我是杞人忧天，那倒还真是万幸了。"

我们一边聊着这些事，一边津津有味地吃着"油腻的"天妇罗荞麦面。之后，我们便离开了东京庵。究竟是谁付的账，究竟自己当时有没有听从津田的忠告，如今已经不记得了。我只记得当天晚上，我决定将周君送回他在荒町的住处。

我依稀清楚地记得，那天晚上有月亮。我们两人虽对风景无感，可天上这番皎洁的月光却让人无法视若无睹。

"我从小就特别喜欢看戏。"周君平静地说，"直到现在，我依旧能够清晰地记得当时的情景。每年夏天，我都会去母亲的老家玩。从她家坐船，只需走一里左右，就到了演社戏的地方了……"

夕阳西下，乌篷船穿行于豆田和麦田之间的河道上。没有大人，只有一大群孩子去看戏。船里也是一样，年龄稍大的孩子在轮流划着船。月色便朦胧在这水气里。淡黑的起伏的连山，看上去仿佛是踊跃的铁的兽脊。远处似乎有渔火闪烁，还能听见不知从何处传来的哀婉笛声。戏台搭在河边的空地上。周君他们泊了船，在船上眺望那五彩斑斓如梦似幻的小戏台。只见那戏台上，有一位长髯老生，背插四根金缎大旗，手中舞着一杆长枪，腿上踢着筋斗，和一群赤膊的人正打仗。之后，走出来一个小旦，只咿咿呀呀地尖声唱。忽而又一个红衫的小丑被绑在台柱子上，给一个花白胡子的用马鞭打起来了。不久之后，我们就开船往回走了。月亮还没落，河上却越来越亮了。回望戏台，在灯火光之中宛如一个小小的火柴盒，依旧吵吵闹闹。

"月色好的夜晚里，时不时地会回想起这些事情来。这估计是我唯一一段称得上风雅的回忆了。即使是我这样的俗人，沐浴在月光之中，也难免会稍微有些 sentimental[①]啊。"

自那以后，我几乎每天都会去学校。我想见周君，想跟他天南海北地畅聊。像我这种游手好闲的家伙，在学校能够通过考试且顺利毕业，而非为津田的预言所言中，认真一想，那都是托了周君的福。不，除了周君，还托了另一个人的福。可以说，我对藤野先生的崇敬之情，也让我开始奋发向上，并最终逃脱留级之耻。

---

① 德语，感伤之意。——译者注

我依稀记得，在那个月夜的四五天后，是仙台初降大雪的日子。在放学回家的路上，我把周君拉到了我的宿舍。我们坐在被炉边上，一边吃着包子一边聊着天。这时，周君的脸上突然浮现出一丝微妙的笑容。他从包里取出一本笔记，递到了我的跟前。我拿来一看，原来是藤野先生的解剖学课的笔记。

"打开看看。"周君笑着说。

我打开一看，不禁瞠目结舌。每页几乎都是红色的，都用红笔细细地改过了。

"改得好认真啊，谁改的？"

"是藤野先生。"

我恍然大悟，瞬间便明白了那天藤野先生仿若自言自语一般说的那句"不言实行"的深意了。

"从什么时候开始改的？"

"很久之前了，从刚刚开始上课的时候。"

周君又详细地跟我解释了一遍事情的经过：藤野先生最初的讲义，内容与解剖学的发展有关。过了一星期，大约是星期六，他让助手来叫周君。到了研究室，见他坐在人骨和许多单独的头骨中间，一边笑一边问：

"我的讲义，你能抄下来吗？"

"可以抄一点。"

"到底怎么样呢？拿来我看！"

周君交出了他所抄的笔记，藤野先生收下了。过了二三天便还给了周君，还说：

"今后，每个星期都要拿来给我看。"

周君拿回笔记，打开一看，吃了一惊。原来他的笔记已经从头到尾，都用红笔添改过了，不但增加了许多脱漏的地方，连文法的错误，也都一一订正了。

"后来，每周都会把笔记交给他看。"

周君和我面面相觑，沉默了一阵。努力吧！无论如何，都要去听藤野先生的讲义。这种无人知晓的，埋藏于人生角落之中的"不言实行"的小善，才是这世上真正的珠玉和财宝。我仅仅是个旁观者，却依旧为这件小事所深深打动。一直以来的那只懒惰的鸟，此后也开始孜孜不倦地去学校听课了。后来，也总算是顺利拿到了行医资格证。毫不夸张地说，我如今能够如此这般继承父业开业行医，全是拜藤野先生所赐。

此后，藤野先生也一直笔耕不辍地亲手订正笔记，默默地鼓励着我们。在第二学年的秋天，为了笔记，发生了一些不愉快的事情。不过，那都是后话了。总之，在明治三十七年冬天到翌年春天之间的这段时间里，在各种意义上，都是我最为奋发向上，最为努力的一段日子。那时，日本也终于要开始对旅顺发动总攻了。国内的气氛急剧紧张起来，为了防止黄金外流，我们这些学生也不再穿羊毛衣服，而改穿棉织衣服了。有时，甚至还要去批斗那些戴金边眼镜的人呢。此外，还要开一种或可称为"战前生活之一种"的忍耐大会，时不时还会在大清早里进行雪地行军。总之，人们的声气愈加旺盛高昂，对于攻陷旅顺，已然迫不及待了。

终于，在明治三十八年的元旦，日本攻陷了旅顺。第二天，市民们手上都拿着旅顺陷落的号外，整个仙台一片沸腾。胜利了，终于胜利了。人们没完没了地互相道贺起来："恭喜，恭喜。"也不知道是为了正月而道贺，还是为了胜利而道贺。就连平时不太亲近的人家，如今也要去走访一番，玩命地大喝一顿。四日晚上，青叶神社境内点燃了巨大的篝火。五日，是仙台的胜利庆贺日。当天早上十点，爱宕山上就鸣响了一发礼炮。全市所有工厂的汽笛跟着叫了起来，市内各个派出所的警钟，还有神社和寺庙里的梵钟、钲槌也都敲了起来。那一通乱打，好像要把所有东西都敲碎一般。与此同时，市民们也纷纷欢呼雀跃，走上街头。他们手里提着鼓、金属脸盆，还有马口铁罐，也自顾自地一顿乱敲。一边敲，还一边万岁、万岁地连声大喊。整个仙台市一片轰鸣，好一副壮观景象。到了晚上，各个学校联合组织了一个灯笼队，我们也被分配到了一个灯笼和三支蜡烛。嘴里一边喊着万岁,一边在仙台的市中心游行。外国的周君也被津田拉了出来。他一边笑着,一边提着灯笼,同津田并排走着。我同津田,倒也说不上不和。只是自那次吵嘴以来,多少感觉有点儿别扭。即使在教室里碰了面,也只是相互点点头而已。心里的话,是一次也没有说过的。不过,只是在那天夜里,我极其自然地同津田搭了腔:

"津田君,恭喜恭喜。"

"恭喜。"津田的心情似乎也很不错。

"多有失礼之处,还请原谅。"我平时都不怎么和他说话,如今总算是直截了当地同他说了抱歉。

"哪里,是我失礼了。"不愧是外交官的侄子,处事圆滑玲珑。"那天晚上是我喝过了头,说的话确实过分了些。后来,藤野先生也把我训斥了一通。"

"怎么回事?"周君插嘴问道。

"没什么,津田君请我吃鸡肉,我们喝了点儿酒。"我搪塞敷衍,想要岔开话题。

"不光如此,"津田正说着,忽然语调一变,"你依旧什么也没对周君说?"

"嗯。"我微微点了点头。"什么也别说。"

我向津田使了个眼色。

"是吗?"津田猛然加大自己的音量,"你倒真是个好样的家伙。虽说你事后去跟藤野先生告状，颇为不合道理，不过事情本身倒也是我的不对。好吧，喝酒吧。今晚咱们三个人再去吃鸡肉吧。万岁！"津田似乎已经有了几分醉意。

当天夜里，我深切地感到，无论发生什么事情，我们都必须赢得战争的胜利。只要赢了就好。津田所谓的外交顾虑如今已经烟消云散了，津田也依然是个爱国的好青年。那天晚上，他用周君听不见的音量向我坦白了他的顾虑：两个月前，便有消息传闻说俄国的波罗的海舰队即将开赴东亚作战。他非常担心在日本攻陷旅顺之前，这个大舰队会大军压境。因此，他整个人都变得疑神疑鬼，开始怀疑身边的每一个人。正好这时，周君一个人去了松岛。他便怀疑周君也许是俄国的间谍，此番前往松岛乃是为了测量松岛湾的深浅，以便将俄国舰队引入，毁灭整个仙台云云。总之，他为旅顺之战忧心不已，愁苦憋闷，因此才在那天晚上迁怒于我，对我大肆说教了一番。听了他的这番坦白，我心里也是大吃一惊。不过，事到如今也没什么关系了。战争打赢了，这些也就无所谓了。看来，战争是必须要打赢的。战况一旦不利，就连朋友之间的信任也会陷入窘境。人民大众的心理原来竟是如此的不堪信赖。战争必须要打赢。小则防范国民日常伦理之动摇，大则贯彻藤野先生所谓之东洋本道。战争，不论要付出多么大的牺牲，都必须要取得胜利。那天晚上，我心里就是这么想的，这些念头深深地植根在了我的心中。

旅顺要塞一经攻陷,日本国内一片沸腾。打个夸张点的比方,就好像天岩户①打开了一样,一片绚烂明朗。在那年的新年御歌会上,天皇作的第一首歌便是:

富士山之巅,

绚烂美丽朝霞放,

新年天空里,

晴朗和煦空悠悠。

当时的日本,也可以说是已经打败俄国了。就在正月末,俄国爆发了内乱。俄军亦败象百出。日本军队势如破竹,在三月十日和五月二十七日,接连取得了令日本国民难以忘怀的陆海军方面的决定性大胜利。日本国的国威业已辉映四方,国民的士气也满溢高涨。日本的这番大胜利,对身为外国人的周君也产生了令我无法想象的巨大冲击。周君刚来日本之时,曾直观地感觉到:火车窗外,横滨与新桥之间的风景之中,有着别

---

① 天岩户,来源于日本神话。传说素盏鸣尊去了高天原后,四处惹是生非,他的姐姐天照大神愤怒之极,决定把自己关在天岩户里。自此,整个世界日月无光。高天原的众神于是在天岩户外载歌载舞,又献上八咫镜及八尺琼勾玉……天照大神对外面发生的事感到很好奇,便将天岩户开了一条缝偷看,天手力男神便借机将天照大神从洞里拖出来,世界遂重新恢复光明。——译者注

处都没有的清洁与秩序。之后,他看见东京女人们那副可爱动人的模样:头戴崭新的白头巾,肩上绑着红色的束袖带,在晨光之下,正掸着自家的纸拉门。他认为这朝气蓬勃、干脆利落的形象便是日本的象征。"日本一定会取得胜利。国内群情如此激奋,这场战争又怎么可能输呢?"在松岛的旅馆里,他也曾做出如此的预言。可是如今,这场胜利就这样在周君的面前如画卷一般展开了,而且比他一直以来所想象中的还要辉煌华丽数倍。如今,他已经被日本所蕴藏的不可思议的力量彻底震惊,这一点,我是看在眼里的。日本攻陷旅顺之后,周君似乎开始重新研究日本了。据周君所说,当时,中国青年来日本留学,绝非为倾慕日本固有的国风和文明而来,只是秉承着一种便利主义——就近学习西洋文明,才选择留学日本的。周君一开始来日本时,心里也是这么想的。可不久之后,他便发现,在这个国家之中,有一种出人意料的紧张之感。与此同时,他也预感到,在这个国家里,或许隐藏着什么独一无二的东西。如今,他又亲睹当世的一等强国俄罗斯在战争中败给了日本。如此一来,他便进一步确信了自己当时的想法。这一回,事情可要复杂得多。书也不只是汉译本的《明治维新史》了,他搜罗了不少日文原版的历史书,买了回来读,似乎要对自己至今以来的日本观做出重大的修正。

"日本有其国体之实力。"周君长叹一口气说。

这似乎是一个极其平凡的发现。可我却要在这篇贫乏的手记之中,倾尽全力对此大书特书一番。我就是禁不住要这么做。日俄战争之中,日本取得了巨大的胜利。在这场胜利的刺激之下,周君发现了这一点。可这个发现,对他的医学救国思想来说,却是一次很大的挫折。而我认为,他的人生方向在不久之后之所以焕然一新,其最初的原因亦正在此。他逐渐开始认为:明治维新并不是由兰学者推动的。维新思想的源头,还是国学。兰学不过是路旁盛开的奇葩而已。日本的国体,其实力确实让人畏惧。

听了周君这番感怀,我的心潮一片澎湃,眼泪也不禁掉了下来。我重新坐直身子,问他:"所以你认为,在日本这里有某种高于西洋科学之上的东西?"

"当然啊,这还用说吗?你身为日本人,说出这种话来,真是可悲了。日本不是已经打败俄国了吗?俄国可是科学先进国呀,持有的先进武器亦是不少。旅顺要塞,不也是凭借西洋科学之 Essenz[①]而修筑起来的吗?最后还不是被日本军队几近徒手地打了下来吗?对于外国人来说,这也许是件匪夷所思、难以理解的事情。即使是对中国人来说,也不好理解。因此,

---

① 德语,精髓之意。——译者注

我想要更加深入地研究日本。日本有让我感兴趣的东西。"他露出一脸爽朗的微笑，如此说道。

那段时间里，周君与我亲密无间。他常常会来我在县厅后面的宿舍玩。同以前一样，我依旧在寄宿家庭里沉默寡言。可还没等我跟他们相处融洽，周君就已经和他们亲近起来，融洽相处了。他们家倒也算不上什么专门做这档子买卖的寄宿家庭。这是个三口之家，中年木匠、他的老婆，还有他们十岁的女儿。寄宿在此的只有我一个人。木匠是个酒鬼，夫妻俩也常常吵架。但与周君在荒町的宿舍相比——那是一个有不少人寄宿的小旅馆，这里倒也颇有一点儿温润的家庭氛围。当时，对日本研究大感兴趣的周君，似乎对这个贫困之家也萌发了一股好奇心。他同他们交流，并谋求进一步的来往。特别是那个十岁左右、黑黝黝笨乎乎的小姑娘，周君还同她成了好朋友。有时候，周君会给她讲讲中国的神话故事，小姑娘也会教周君唱歌。有一次，小姑娘还请周君为她修改一封慰问信，这是她准备寄给身在战场的伯父的。对于这天真无邪的请求，周君似乎感到非常高兴。他拿了那封慰问信来给我看，说：

"写得真不错，哪里都挑不出错来。"

一边说着，他又仔细地把那小姑娘的信读了一遍。尽管在我看来，那只是一封平淡无奇的文章：

"去年至今，久疏联系，在此致上最诚挚的问候。听说伯父在月亮都被冻住的西伯利亚原野上俘虏了俄国人，而且还加入了光荣的敢死队。从大家那里得知您还像以前一样奋发向前，意气风发，我不胜欣喜。请您务必保重身体。在此，我为您祈祷，愿您继续为天皇陛下、为大日本帝国鞠躬尽瘁。再见。"

"月亮都被冻住的西伯利亚"，首先周君就很喜欢这一句。他虽对风景不太感冒，可对月亮，倒似乎并不讨厌。不过，比起这句话来，更让周君感叹钦佩的其实是这短短一封信中所蕴藏着的那颗鲜明的忠肝赤胆之心。

"写得真直白。"周君一脸得意，好像要向别人展示自己的战利品一般。"为天皇陛下鞠躬尽瘁，这句话就这样冷静地说了出来，毫不犹豫，明白晓畅，简直就是 naturlich①。日本人的全部思想，都 einen② 在忠这个观念上了。在这以前，我都认为日本人是没有哲学的。可忠这样一种 einheit③ 的哲学，难道不是在很久很久以前就被日本人 fleischwerden④ 了吗？这种哲学过于 purifizieren⑤ 了，因此反倒难以被人察觉。"像以前一样，他

---

① 德语，自然而然之意。——译者注
② 德语，一，这里可以理解为动词统一。——译者注
③ 德语，统一之意。——译者注
④ 德语，变成肉之意。此处可理解为"吸收"。——译者注
⑤ 德语，净化之意。——译者注

说到兴起，嘴里又开始接连不断地蹦出德语来了。

"但是，忠孝思想难道不是从贵国传到日本的吗？"我故意泼冷水。

"不，并非如此。"周君当即否定了我的说法，"您也许知道，中国的天子，并非万世一系。自尧舜禅让开始，夏朝历经四百年十七代到了桀王。而桀王则被成汤放逐于南巢之野。这便是中国大地上各种武力革命的渊源之所在。自那之后，围绕皇帝之位，人们或巧取或豪夺，翻来覆去。尽管都是无可奈何之operation①，可新临的君主，却好像心里自责似的，大抵总要为自己辩解一番。忠的观念，被他们微妙地替换成了复杂而暧昧的东西。说是取而代之也许会有点儿奇怪。不过，孝这一观念确实得到了有力的伸张和宣传，进而成为了治国之本。而民众的伦理，也清一色地被孝这一观念完全覆盖。因此，在中国，虽有所谓忠孝，然而忠却只是修饰孝的一个接头语而已。忠孝一词的主体，其实可以说是孝。而这个孝，原本就是包含政策意义的一种劝诫式的道德。当权者尽其所能地利用这一点，给自己的反对者们安上不孝之污名而杀之。于是，孝也最终成为诸多权谋诡计的完美借口。被统治者们则不知道自己会在何时被安上不孝的罪名而被杀，所以只好

---

① 德语，行动，任务之意。——译者注

日日夜夜战战兢兢，极为夸张地侍奉父母。诸如二十四孝之类的愚蠢事迹，之所以最终会在民间广为流布，原因恐怕在此吧。"

"不过，你是不是说得有点夸张了。二十四孝可是日本孝道的模范啊，可不是什么愚蠢的事情。"

"那么，你知道吗？二十四孝全都是些什么？"

"我也并非全都知道。不过，像孟宗哭竹生笋，王祥卧冰求鲤这样的故事。我们小的时候便已听过。对于那些孝子，我们也是非常尊敬的。"

"唔，就算这两个故事是无可厚非的，可你有没有听说过老莱子的故事呢？就是七十岁的老莱子，装成婴儿向他年近期颐的双亲撒娇的故事。不知道吧？这个娇撒得可是煞费苦心啊。他常常穿着婴儿穿的那种花衣服，咚咚地摇着拨浪鼓，在年近期颐的双亲面前爬来爬去，哇哇地叫着，逗他们开心。就是这么一个故事，你觉得如何呢？这是我小时候从图画书上看来的。那幅画也着实来得蹊跷，一个七十岁的老头儿，穿着婴儿的花衣服，咚咚地摇着拨浪鼓。那副丑陋模样，让人不忍直视。我不禁怀疑：他的父母看见他这个样子，心中真的会生起怜爱之情吗？而我幼年所看的那本图画书上，他年迈的双亲，脸上露出的却是一副无可奈何的表情。看着他们那七十岁的笨蛋儿子，看着他那副疯癫模样，他们一脸为难。确实如此，确实是wahnwitz[①]。这可不是什么正常的行为。此外还有这样的事情，说有个叫郭巨的男子，家贫已久，家中老母常常吃不饱饭。为此，郭巨十分苦恼。郭巨也有老婆和孩子，他的儿子已经三岁了。那时，虽说是老母，可对于三岁的孩子来说，也只是一位老奶奶而已。有一次，郭巨看见自己的老母正把碗里饭分给三岁的孙儿，他心中十分过意不去，本来老母亲的饭就不够吃，现在三岁的儿子还要跟她抢饭吃。于是，郭巨就说：'我不得不把这孩子给埋了。'在那本图画书上，那个即将被活埋的三岁小孩正躺在他母亲的怀抱中，开心地笑着。而郭巨则在一旁，汗流浃背地挖着坑。自从看了这幅图之后，我就对我的祖母敬而远之了。而且那阵子，我的家境日益贫穷，倘若祖母给了我小点心之类的东西，让父亲瞧见了，心里过意不去，他岂不是也要说：'我不得不把这孩子给埋了。'那可就麻烦大了。于是，我猛然发现家庭是个非常可怕的东西。如此一来，儒生们的一番苦心教诲，也就竹篮打水一场空了。不仅如此，还产生了全然相反的效果。日本人很聪明，所以并没有把这二十四孝当作孝行的真正模范和标准。你这番话，倒是过誉了。前阵子，我去快活馆听了一个题为'二十四孝'的落语。说一个人想要给母亲尽孝心，就问母亲想不想吃竹笋。母亲便说自己牙

[①] 德语，疯狂，精神错乱之意。——译者注

齿不好，完全吃不了竹笋。我觉得日本人的脑袋是非常聪明的，完全不会被那些歪理邪说所欺骗。所谓的文明，绝不是时髦的生活方式，而是保持头脑的清醒。这才是文明的本质，是识破伪善。拥有这种能力的人，才配叫作有教养，对不对？日本人就从祖先那里继承了很好的教养。在中国的诸多思想之中，他们只是本能地吸收和消化那些好的、健全的思想。在日本，中国被看作儒教之国。可实际上，中国是道教之国。民众信仰的并非孔孟，而是神仙，迷信的是长生不老。可在日本，这种不老不死的神仙传说却完全无人问津，沦为笑柄。仙人一词，几可成为白痴的代名词。日本的思想，统一交汇于忠这一观念之中，所以神仙也好，二十四孝也好，在日本都成了没有意义的东西。尽忠就是尽孝。前些日子，我们一起看的《先代萩》里，政冈也只是劝诫自己的孩子尽忠，而并没有教育他尽孝。然而，忠即是孝，所以尽忠和尽孝也没什么分别。日本人在看那出戏的时候，都流下了眼泪。而仙人和二十四孝，却成了落语，沦为人们的笑柄。"

"不，其实不是这样……"听到此处，我内心不胜惶恐，赶忙谦逊了几句，"倒并不是要蔑视贵国的这些观念，只是日本人的嘴十分恶毒而已。这种刻薄的嘲笑癖也是要不得的。"

"不，日本人的毒舌，与其说是气势汹汹，倒不如说是淡泊幽默。要说刻薄，恐怕是不恰当的。在中国，还有'他妈的'

这样的脏话呢。这才是真正的刻薄啊，是句非常过分的话，意思也非常卑鄙下流。所以我就不跟你解释这句话的意思了。除了中国，世界上恐怕再没有哪个民族能发明出如此致命的脏话了。在这方面，中国倒也称得上世界第一。"

"这个'他妈的'究竟是什么我不知道。不过，我觉得除了'他妈的'之外，中国一定还有别的东西，也能称得上世界第一。这或许只是我的直觉，我总感觉贵国依旧承继着我们难以想象的伟大传统。对于自己的国家，你可说了不少坏话。可是就像藤野先生说的一样，中国残存着优良的传统，而反抗者正诞生于传统的继承者之中。听了你对中国的种种批判，我反而时时能够从中感受到中国的沉着与从容。中国绝不会灭亡。只要有你这样的人在，只要有十个像你一样的人，中国就会成为名副其实的世界一等国家。"

"可不要给我戴高帽了。"周君苦笑道，"中国这个国家，照现在这样发展下去，绝对不行，绝对要完蛋。沉着也好，从容也罢，只要是怀着这种不负责任的悠闲心态，就一定要完蛋。日本人都把袖子卷起来啦，有目标，有股认真的劲头。中国一定要学习日本的这种态度。"

那段日子里，我经常像这样同周君进行一番中日比较的辩论。周君兴致勃勃地做了打算：在这学年结束之后的暑假里，他要去趟东京，要在留日的学生之间，阐述他的发现——神国那纯净而又直截了当的一元哲学，并以此启发他的同胞们。暑假一到，他果然去了东京。而我则回了一趟大山深处的老家，彼此分别了两个月。九月，新学年开始了。在仙台，我再次见到了周君那久违的面孔，可心里却不免一阵惊讶。不知为何，再次见到他的时候，我总觉得他跟以前大不一样了。倒也不是陌生或冷淡，只是觉得他的瞳孔变得小而尖锐。即使是笑的时候，脸上也笼罩着一层冷飕飕的阴影。

"东京怎么样？"我问他。他莫可名状地苦笑道："在东京，所有人都很忙。电车的线路每天都在向四方延伸。电车就是东京的 symbol[①]嘛，总是哐当哐当地发出很大的声响。整个东京也处于一种骚动不安的状态之中。市民对于战争议和所达成的条件非常不满，城里到处都是悲愤交加的集会和演说。目前，局势很不稳定。还有小道消息说，不久之后东京全城都要戒严。总之，东京人的爱国之心，还是太过天真了啊。"

"贵国的学生对忠的一元论有何反响呢？"

周君仿佛突然害了牙痛一般，整个脸都扭曲了。

"唉，还是太匆忙了，我也搞不清楚具体的情况。日本人的爱国之心虽不稳定，但其本质好歹是天真而明朗的。可我们

---

① 德语，象征之意。——译者注

的爱国之心却是复杂而晦暗的。不，倒也没到那地步。总之，我觉得自己还有很多事情没弄明白。太艰深了，我完全无法理解。"他冷冷地笑了笑，继续说道，"不过，当今的日本青年们，似乎大多都在研究世界文学呢。去书店一看，简直要吓一大跳。有那么多新进的书籍，各国文学的都有。而日本的年轻人则满怀热情，正在那精挑细选呢。怎么说呢？也可以说是为充实人生而努力吧。我也学着他们，买了几本书回来。现下也正打算像他们一样，对此好好研究一番。我的竞争对手，是东京的那些年轻人。他们正在新的世界之中 erwachen①。唔，关于东京的事情，就是这些了。"

此后，周君也很少像以前一样来我的宿舍玩了。每天一下课，他就匆匆忙忙地回宿舍。在一个秋风萧瑟的夜晚，津田君十分罕见地来到了我的宿舍。他脸上挂着一副十分奇怪的表情，对我说："喂，出事了。"

接着，他从口袋里掏出了一封信给我。收信人是周树人先生。寄信人写的是：直言山人。"真是个不甚高明的名字。"我想。心里略微愣了一会儿，便皱着眉头读完了信上的内容，信上的文章比那个不甚高明的名字还要糟糕得多。字迹非常潦草，看得人头昏眼花。总之，是一封散发着臭气的信，让人碰

---

① 德语，发觉，觉醒之意。——译者注

也不想碰。信的开头写着几个大大的字：

"你改悔罢！"

这几个字直看得我毛骨悚然。一直以来，我都非常讨厌这种煞有介事的预言腔调。接下来，则是一些稀奇古怪的所谓的直言。这一通所谓的直言，啰啰唆唆地说了一大串，理解起来倒也颇为困难。其中的意思大概是：你这个卑鄙的家伙，你事先从藤野先生那里得知了考试题目。证据便在你的解剖学笔记上。藤野先生都给你用红笔标记了。你这个家伙没有资格通过考试。改悔罢！

"这都什么胡说八道。"我顿时想要撕掉那封信。

津田却慌了，赶忙阻止我：

"喂喂，等一下。"说着，他迅速地把那封信从我手上抢了过去。"这可不是什么小事。我想就此和你好好商量一下。确实不是件让人开心的事情。不喝点酒什么的可不行，这家人有没有酒？"

我只得苦笑一声，去问寄宿家庭的人有没有酒。木匠的老婆告诉我们，他丈夫今晚把酒都喝完了，不过，家里还有一些啤酒。

"喝啤酒可以吗？"我问津田。

他一听，脸上似乎有点儿难过："啤酒吗？耳边刮着瑟瑟冷风，嘴里还要喝啤酒，未免也太不讲究了吧。好吧，无所谓啦，把啤酒给我拿来吧。"

津田一个人咕嘟咕嘟地喝起了啤酒。

"啊，好凉啊。秋天喝啤酒果然要不得。"他叫了起来，浑身打起了哆嗦，之后才结结巴巴地说起这件事情的严重性来。他嘴唇发紫，全身都颤颤巍巍地发着抖。说起话来，倒也平添几分紧张气氛。

"这可是国际问题。"他又像以往一样开始夸大其词了。"看似是周君一个人的事情，其实却不止是他一个人的事情。如今，中国的留学生分布在日本全国，总数加起来一万余人。也就是说，在周君的身后，还站着一万多名中国留学生呢。周君一旦生气，这一万多名留学生必定群起声援他。到时候，不仅仙台医专要蒙受屈辱，也许就连我们的文部省和外务省也不得不向清政府道歉，那可就成了日中亲善外交的一大败笔了。你对这件事怎么看呢？"

像以往一样，我并没有把他的话太当回事，只是问道：

"周君看过这封信了吗？"

"他看过了。今天我们一起从学校回去的时候，这封信就已经投到我们的宿舍来了。周君从柜台那里拿了信，便漫不经心地装进了自己的口袋里。他正上台阶的时候，我突然灵机一动，叫了一声'等等'。之后，我便要求他把这封信当场拆开。周君站在廊下，默默地打开了信封，稍稍瞥了几眼信上的内容，便打算撕掉。"

"确实如此。这种肮脏龌龊的信，换了别人也一样要撕掉。"

"喂，你别打岔。我当即从他手上抢过了那封信，拿来一看，发现那家伙说得是越来越离谱了。"

"什么啊？你不会认识那个写信的人吧？"

"没什么好隐瞒的，我确实认识那个人。矢岛，就是那家伙干的，就是那个 landdandy[①]。"

经他这么一说，我突然想起了几天前的一件小事。那是在藤野先生的课上。先生刚一走进教室，班委会的新干事矢岛便噌地一下站了起来。只见他走到黑板前，写下这么几行字："明日召开班会，请全数到会，勿漏为要。"写完之后，还在漏字旁边加了一个圈。当时就有五六个学生笑了起来。而我只道是每次班会都有人缺席，因此才特意强调这个"勿漏为要"。然而，那竟是矢岛在拙劣地指桑骂槐。当时，藤野先生和周君都在场，矢岛这个家伙，竟用这等卑鄙的诡计，暗暗影射藤野先生将考试题目"泄漏"给周君。

一发觉这一点，我便怒上心头："打他一顿吧。"可绝不能便宜了这种卑鄙小人啊。在我六十年的平凡人生中，可以说，

---

① 德语，乡下纨绔子弟之意。——译者注

只有那一次，真正地心生了打人的念头。我真想当晚就上他家去，狠狠地打他一顿。我一直都很讨厌那个蓄着漂亮唇髭的矢岛。他好像毕业于仙台的东北学院，总之是个基督教教会学校。或许是由于这个原因吧——借周君的话来说，他是个伊达藩的 der stutzer①，或者用津田的话来说，是个乡下的纨绔子弟。总之，他给人一种妄自尊大的感觉。刚开学的时候，他就在教室里神乎其神地说他老父亲是仙台的大财主，还说自己怎样蒙他老父亲荫庇，得了不少好处。不知是从什么时候开始，这家伙也成为班上的头面人物了。在新学年的这次班委会干事换届中，他还踢掉津田选上了干事。我虽然不赞成东京和大阪来的学生把东北看作乡下的轻蔑态度，可我也不信服东北本地学生那种阴险的串通和卑鄙的报复倾向。尤其我自己也是个出身低微的东北人，每每看见乡下人这种早熟的报复心，我的那种自我厌恶倾向便更进一层。比起东京和大阪来的学生，我反倒更为厌恶本地的学生。

"可不能打他啊，那就成私斗了。"津田见我情绪激动，便立刻换了一副冷静的态度，"对方除了矢岛之外，还有不少乡巴佬马屁精。我打算借这个机会，好好地打击一下他们的排外思想。彼此不都是绅士吗？要打就打思想上的战役。"

---

① 德语，爱打扮之意。——译者注

"可是，津田君，我也是个乡巴佬啊。"不论津田有没有恶意，乡巴佬这个词在我听来终究还是不太舒服。本地人矢岛是个无聊之人，可说别人是乡巴佬的东京人津田也算不得什么高尚人物。转念一想，都是半斤八两。

"哎呀，你要另当别论。你可绝不是什么乡下人。你嘛……"他脸上露出了困惑的表情，继续说道，"从某种意义上来看，倒更应该说你是个城里人……"他越发困惑了，"对了，你是中国人。没错，你是中国人。"

他这句话把我惊得瞠目结舌。

"所以你才对同为东北人的矢岛一伙敬而远之。"津田一副理所当然的语调，"也就是说，你现在的立场与周君是相同的。你自己肯定不会这么想，但整个班里都一致认为你的脸长得像中国人。你呀，光是和周君来往可不行啊。你都不知道，班里的人都背地里把你的名字田中卓叫作'でんちゅうたく'①呢。这个名字怎么样，听起来不舒服吧？"

这种事情，我倒也不是特别在意。可这一次，这个津田居然把事情扯到了我的头上。玩弄这些支离破碎的言辞来迁怒于我，大发脾气。即便迟钝如我，也总算是发觉了他的言下之意：矢岛抢走了他的名誉职务——班委会干事，他依旧在为此

---

① 田中卓三字的音读。音读，即是将汉字的发音按照日语中固有的相似发音读出来的读音规则。——译者注

事耿耿于怀呢。因此，这个失意的小政治家，打算将矢岛写信的事情上升到更为严重的层面，借而逼迫矢岛辞去班委会干事一职。事成之后，他便可以再次堂而皇之地给别人递他那印了各种头衔的名片了。他一定是怀着这种可怜的企图前来找我的。首先，他来找我——和周君关系最好的人，把我激怒。等我发了脾气，就会像上次一样去跟藤野先生告状。这样一来，藤野先生一定会大吃一惊，继而找矢岛谈话，将他大大训斥一番，并剥夺他班委会干事的光荣职务。他所幻想的不正是这样的情节吗？正是为了这个目的，他才如此大动干戈吧？我心下对他起了疑心，也逐渐发觉了他心里打的这番如意算盘。

"你老早就知道这些事情，为什么不向矢岛君他们证明周君的清白呢？"我尖锐地逼问他。

"我说了也没用啊。他们觉得我和周君也是一伙的。如今我们四个人，我，你，藤野先生还有周君，都同样成了被告了。这不是扯淡吗？居然质疑藤野先生的人格，岂不是太过分了吗？现在，我们几个无论如何都要团结起来，好好想一个对策才行。总之，你明天先去找藤野先生告状，之后我再去纠集其他同志。"

果然跟我想的丝毫不差。我顿时感到厌烦。把矢岛打一顿的想法早已烟消云散，如今的我只想早一点儿从这些愚蠢的政治斗争中脱离出来。

"有件事你得向我保证,"我的语气冷淡而又强硬,"明天我会去藤野先生的研究室找他。但是,在先生下达任何指示之前,请你不要跟任何人说起这封信的事情。"

"为什么?"津田盯着我,嘴咧成了"へ"的形状。

"无论为什么,"我努力微笑了一下,"总之,纠集同志这件事,等两三天再说吧。你要不答应我,那我们就是敌人了。"

现在,我只觉得周君是值得同情的。还有费了很大心思在学习上帮助周君的藤野先生,也非常可怜。我的心思如今只在他们俩身上,其他的事情于我都已经无所谓了。

"是吗?"津田一脸恼怒地扭过头去,"你好像怎么也不肯相信我啊。"

我并不在乎他所说的话。

"你要是不答应我,我就是你的敌人。之后,也会跟藤野先生好好说一说你的不是。"

"这,可是,你这样未免太不讲道理了吧?"

"就是不讲道理,都成敌人了,还有什么道理可讲呢?怎么样,答不答应我?"我趁机强硬地逼迫他。

津田只得勉强地点了点头。

"东北人,真是麻烦得很。"他小声地说。

第二天,我去了藤野先生的研究室,将事情的经过简明扼要地向他报告了一番。

"津田君也非常生气。他愿意为此事出力,现在正等着先生您的指示呢。"此外,我还特意在他面前替津田的好心美言了几句。当然,矢岛的名字我是只字未提的。我只希望能够消除这些关于周君的误会。

"什么消除不消除的……"先生竟意外地露出一副满不在乎的笑容,"周君的解剖学不及格,可他其他的科目都考得不错,所以最后才有那样的成绩。周君最后排到第几名?"

"好像是第六十名左右吧。"我们从一年级升入二年级时,出了很多愚蠢的留级生。同级生中,有三分之一,差不多五十人都被不幸留级。我和津田都处于八九十名的危险区域,最后总算是勉强及了格。周君身为外国人,名次却排到了六十左右。因为周君天资聪颖,又勤奋刻苦,所以我们都觉得这样的成绩于他乃是理所应得的。可是,那些不太了解周君的人,说不定就会觉得在这六十名的名次之中藏了不少猫腻。特别是那些留级的家伙,把自己的懒惰束之高阁,反倒来挑晋级生的毛病。于是现在的状况就成了这样:所有的晋级生牺牲了中国留学生周君一个人,让他成了众矢之的。

"六十名吗?"先生似乎对此不太满意,"成绩并不算太好,还要再用功一点才行啊。总之,你们去年的解剖学都学得不行。解剖学是医学的基础,现在不严肃一点对待,将来可是要后悔的。就因为你们互相怠惰,所以这次才会有这般愚蠢的事情发生。你们要是互相鼓励，好好学习的话，就绝不会有这种误解和嫉妒的事情发生。所谓的和，绝不是消极的东西。《中庸》有云：发而皆中节，谓之和。和，乃是天地跃动的姿态。紧紧地拉住弓弦，"说着，先生做了一个拉弓如满月的姿势，"再嗖地一下射出去，不偏不倚，正中靶心。嘣的一声，那明快的声响，那种感觉，就是和。发而皆中节。这个发可千万不能忘了，就是学习。还有句话，叫以和为贵。所谓和，不光是关系好，一起玩。还要互相鼓励，共同学习，这也称为和。你似乎和周君非常要好。而周君这个人，是特意从中国远道而来日本拓展新学问的。一定要大大地鼓励他，劝勉他，让他取得更好的成绩。对此，我也是十分焦急的。第六十名，这个成绩，终究还是难看了些。必须拿到第一名或者第二名才行。在历史上，日本也曾向唐宋派遣过留学生，也曾受到对方不少关心和照顾。这次轮到日本来报答当年的恩情了，必须把我们所知道的一切都尽数传授给他们。可是，周围的日本学生光顾着贪玩，都不肯用功学习。难得周君他们这些中国学生，胸怀伟大的志向，东渡日本前来学习，却也被他们卷入其中，懈怠了功课。你要当真是周君要好的朋友，我这就给你们两人一个研究 thema[①] 好了。'缠足的 Gestalt der Knochen[②]'之类的，

[①] 德语，题目、主题之意。——译者注
[②] 德语，骨骼形态之意。——译者注

怎么样？我想尽量找一些周君会感兴趣的题目，不过，我现在手上也没有modell①了，会不会有些困难呢？总之，一定要重燃周君对于医学的pathos②。周君最近是不是精神不太好？是不是不太适应现在的解剖实习？对于leichnam③，中国人有他们自己独特的信仰。他们很少火葬，绝大多数情况下都是土葬。人死即为鬼。《中庸》有云：鬼神之为德，其盛矣乎。可见，对于鬼神，中国人是十分敬畏的。周君最近之所以愈发消沉，或许是因为我们对待leichnam的态度过于随意粗暴。我们这种态度是不是让他对医学感到了些许厌恶呢？如果真是如此，你就对周君说，日本的kranke④们非常乐意在死后为医学的发展出力。尤其是这一医学上的发展，将来亦会在贵国派上用场。他们要是知道这些，反而会感到更加光荣。你就这么对他说，鼓励他。一个小小的解剖实习都紧张得脸色发青，将来恐怕连个小operation⑤都做不了呢。"

先生滔滔不绝，只顾着说周君的事情。

"可是，那封信要怎么处理才好呢？"

"不必在意。不过，如果周君因为这封信的事情而讨厌学

---

① 德语，模型、模板之意。——译者注
② 德语，激情、热情之意。——译者注
③ 德语，尸体之意。——译者注
④ 德语，病人之意。——译者注
⑤ 德语，手术之意。——译者注

校，那可就麻烦了。所以，在这件事情上，你要好好地安慰他，鼓励他。不要理睬那封信。另外，津田要是把事情闹大了也没什么意思。唔……我会让干事去把写信的人找出来。倒不用告诉我写信的人是谁，只是要那个写信的人去周君的宿舍，好好看看他的笔记，发现自己的错误，并坦诚地与周君和解。嗯？这样不就没问题了吗？对了，现在的干事，是矢岛吗？"

干事矢岛，正是写信的那个人。而颇为讽刺的是，藤野先生恰恰打算委任这个矢岛来找出写信的主谋。不过这么一来，说不定会产生有趣的结果。想到这里，我便回答：

"是的。那么就拜托您跟矢岛君说一说了。"说完，我便转身要走。

背后传来了先生的叮嘱：

"不光是周君，你们也是一样，一定要用功学习。各人自发，其谓之和也。"

这件事究竟给周君造成了怎样的冲击，我不得而知。我感觉那段时间里，在周君的态度之中，似乎存在着一种难以接近的东西。即便是与他在学校碰了面，我们也只是微微一笑，对彼此做些诸如"最近好吗""嗯，还好"之类不痛不痒的问候。藤野先生叮嘱我的那些安慰和鼓励的话题，则一次也没有说起过。而且，这些话要是说得不恰当，反倒会让敏感的周君难堪，那就没意思了。因此，关于这次的笔记事件，我只装出一副一概不知的模样。

可是,大概一周之后,在一个大雪纷飞的夜里。周君把头埋在外套里,披着一身白白的雪,来到了我的宿舍。

"啊,快进来,快进来。"周君久违的来访让我欢呼雀跃,我连忙跑到大门口去迎接他。可周君的态度却有些奇怪,他犹犹豫豫的,好像在迟疑些什么。

"方便吗?是不是正在学习?没有打扰到你吧?"

他的态度非常谨慎客气,此前从未有过。我只好连拉带拽地把他扯进屋里来。

"之前去了趟卫理教会,刚从那边回来。实在是寂寞得不行,所以想顺便来你这里坐坐。没有打扰到你吧?"

"没有的事,我一般也都是在瞎玩。不过,教会那边又是怎么回事?"

周君同我一样,对于基督教的邻人之爱怀有很深的敬意。而对于耶稣被迫背负十字架的义人之宿命,他也仰慕非常。可是,对于教堂里的职业教士们那副伪善的悲怆神情,以及出入教堂的那些装模作样的年轻男女们,我们是感到十分厌恶的。因此,对于散见于仙台市各处的教堂,我们一向都敬而远之。周君的态度尤为激烈,他断定耶稣所遗下的草木并非真正耶稣。他甚至认为,基督的教诲被外国的教士们玷污了,就像中国的儒学先生们歪曲了孔孟精神一样。现如今,他竟然说自己去了卫理教会。

周君害羞地说:"没什么,我最近成了 kranke[①]。所以很久都没有和大家见面,完全成了 einsam[②] 之鸟了。不过,那段日子倒也真是过得快活啊。那时我们一起住在松岛,幼稚的豪情正熊熊燃烧……"说着,他垂下了眼睛,蜷在被炉里沉默了半晌,又猛地抬起头来。"其实,矢岛同学昨天来我的宿舍道歉了。那封信,是矢岛同学写的。"

这件事情的原委,我已经听津田说过了。矢岛受藤野先生之托寻找写信事件的主谋,此外,先生还叮嘱他要对周君多加安慰。可能是东北人特有的道德洁癖作祟,也可能是矢岛信仰基督教,深谙其中的反省之美德。总之,矢岛当场便哭了起来,坦白了信件乃自己所写。对于这次愚蠢的误解,他深感歉意。继而申请辞去班委会干事一职,并推举津田为他的继任者。津田觉得难以接受,于是,干事一职最终由矢岛和津田两人共同担当。万事大吉,事情也似乎就此圆满收场。津田还拍着我的背,"军师、军师"地叫着。军师什么的都是扯淡,只是我的无策之策意外地获得了成功而已。

"藤野先生总是为我订正笔记,引起了这样的误会也是无可厚非之事。我倒是很可怜矢岛同学,之前也不是特别喜

[①] 德语,病人之意。——译者注
[②] 德语,孤独之意。——译者注

欢他，聊了几次天之后，才发现他为人非常正直。我心怀讽刺地问他是不是基督徒。他很严肃地点了点头，说：'并不是一个人成了基督徒就不会犯罪了。反倒是像我这种缺点很多，不断犯罪的人，才会成为基督徒。而教会正是我们这种常犯过失之人的医院，是 krankenhaus①。福音则是我们这些 herz② 病人的 krankenbett③。'矢岛同学的这番话，深刻而痛切地刻进了我的心里。我忽然也想敲一敲这 krankenhaus 的门了。我现在确实是个 kranke。所以今天便稀里糊涂地上教堂去了。不过我终究还是受不了那套西洋风格的夸张礼仪，因此感到十分失望。不过，今天讲的道正好是《出埃及记》中的几处。摩西费了多少辛苦才把他的同胞从奴役之中解救出来啊。听了之后，真是叫人不寒而栗。摩西，面对埃及城贫民窟中以喧嚷和怠惰度日的百万同胞，拙口笨舌却又不遗余力地阐述出埃及的伟大理想。起初人们不相信他，被他搞糊涂了。他始终没有放弃，总算是连骂带劝，带着同胞成功逃出了埃及。之后，他们又在荒野之中迷途了四十年之久。跟随摩西逃出埃及的百万同胞不仅不感谢他，还叽叽咕咕地说他的坏话，诅咒他。说就是因为他爱管闲事，才让所有人落到如今这副

---

① 德语，医院之意。——译者注
② 德语，内心，心灵之意。——译者注
③ 德语，病床之意。——译者注

悲惨田地。出了埃及又怎么样呢？不是一点好处都没有吗？想当年在埃及的时候多好啊，奴隶也好，别的也罢，都无所谓不是吗？面包能吃个饱，锅里还咕嘟咕嘟地煮着鸭子和葱。'在埃及的时候，我们坐在肉锅旁边，吃得饱足；你们将我们领出来，到这旷野，是要叫这全会众都饿死啊！[②]'他们粗野下流，毫无理智地说着这些狠话，不断抱怨着自己的遭遇。听到这里，我联想到了祖国现在的民众，心中十分苦闷，讲道还没听完，我就跑了出来。孤独和寂寞驱赶着我，所以我就跑来找你了。绝望，不，绝望这个词有些让人讨厌，矫饰的气味太重。怎么形容才好呢？所谓的民众，大抵就是那个样子吧。"

"尽管我对《圣经》的故事一无所知，不过那位摩西最终还是成功了吧？后来不也有这样的情节吗？他登临西奈山的山顶，手指着美丽的约旦河流域，大声高呼：'看见家乡了，看见家乡了。'"

"可是，在之前的四十年之中，他的同胞却不得不忍受渴无水饮食不果腹的痛苦。能做得到吗？可不是五年或者十年，而是四十年。我开始感到困惑了。今年夏天，我在东京待过一阵，回来之后，我开始怀疑拯救民众的事情了。今天就请您再

[②]《旧约·出埃及记》：16:3。——译者注

忍受一次我的长篇大论吧。在松岛的时候，我的信念很坚定，斗志也很旺盛。可今晚的这番告白，却是苦闷黯淡的了。"周君说着，悄然咧了咧嘴。"我现在笑了。为什么要笑呢？埃及的奴隶们，肯定也会时不时地露出这种莫名其妙的笑来。即使是奴隶也会笑，不，恐怕正因为是奴隶所以才会笑。我在仙台的街道上散步时，曾留意过那些俄国俘虏的表情。他们是不笑的。这是因为他们心怀着某种希望，即便只是心怀着早日归国的渴望，也比奴隶要强。我偶尔会给那些人帕皮罗斯，而他们也都会大言不惭地收下。他们，还没有成为奴隶。"

那段时间，仙台曾接收过两千多名俄国俘虏，分别收容在荒町和新寺小路附近的寺院，以及宫城原野上临时搭建的棚屋里。从那年秋天开始，这些俘虏被允许自由前往市内走动散步。我虽然不知道俄语的正确发音是什么，不过他们频繁地说着帕皮罗斯、帕皮罗斯，大概就是香烟的意思吧。仙台的小孩子们，也神不知鬼不觉地记住了帕皮罗斯这个词。他们会大声问这些俘虏，想不想要帕皮罗斯。俘虏们点点头，小孩子们就会得意得不得了地跑到烟店去，买来香烟给他们。

"我给了他们一些帕皮罗斯，可他们却并没有太当回事。反倒是我，心里隐隐约约地觉得有些羞耻，甚至感到自己受了侮辱。我忽然害怕起来：这些俘虏是不是早已看出我是个中国人了？而如今的中国，正一点一点地沦为列强的奴隶。他们是知道这一点的，所以他们在面对我的时候才抱有一种特别的优越感，不是吗？不，这确实是我的偏见。是的，这次我从东京带回来的，就是这种偏见。我非常不安。对于救济祖国民众这件事情，我一点底气都没有。现在想来，我在松岛时的那番信念和斗志，真是幼稚之极。我怀念当时的天真和幼稚，同时我也引以为耻。当时说的那些豪言壮语，想起来就会脸红。怎么说呢？或许当时的我正自我陶醉于那些天真烂漫的理论之中吧。当时，我自以为很了解中国的现状，可那些都不过是少年的天真武断罢了。我什么都不了解。而现在的事态也变得越发难以判断了，不要再说什么中国的现状，就连我自己是个怎样的人，我都搞不清楚了。东京的留学生同胞都说我是个日本迷，说我是民族的背叛者，是汉奸。还有人散布谣言，说看到我在东京同日本女人一起散步。为什么大家都这么不喜欢我呢？是因为我说了中国的坏话，赞扬了日本的忠义哲学吗，还是因为我没有和那些人一起直接投身于革命运动呢？他们的革命热情我是深有同感的。如今，黄兴一派同孙文一派已经开始合作，共同成立了中国革命同盟会。很大一部分留学生也都成了同盟会的党员。按照他们的说法，中国的革命似乎已在旦夕之间。可我却为何一点也高兴不起来呢？他们的气势越来越昂扬，我的心情却越来越低落。你怎么样呢？我从小就是这个样子。在别人热烈鼓掌的时候，要是跟着一起拍手，我就会感到难为情。听一场热情奔放的演讲，内心也十分澎湃激动。可一看到别人都在热烈地鼓掌，我就一点鼓掌的兴致都没有了。内心越是激动，鼓掌就越是虚伪。对于演讲者来说，这样的鼓掌反倒成了一种冒犯，不是吗？我觉得沉默所表达的才是真正的敬意。而对于鼓掌带来的喧嚣也越发地憎恨起来。学校开运动会时，那些啦啦队之类的活动，我也非常不喜欢。此外，在基督教之中，我非常敬佩'要爱你的邻人如同爱自己'这样一种思想。为此，我曾一度想过要皈依基督教。可是，教堂里那些过于浮夸的姿态，却最终阻断了我的信仰。你有一次也说过，说我明明是中国之人，却不吐孔孟之语。对你们来说，这似乎是件匪夷所思的事情。我其实是尽量避免言及孔孟的。我不喜欢那些把孔孟之言当作俏皮话来说的伶牙俐齿之人，即便是像藤野先生那样的好人也不行。他说话我是爱听的，可只要他引据古代圣贤的言论，我就别扭得不行，心里只求他赶紧停下来。从小时候开始，中国的儒学先生就强令我们背诵古代圣贤那些令人厌烦的言论。这样的教育让我们对儒教恨之入骨。我绝不是瞧不起孔孟的思想。孔孟思想之根本，或曰仁，或曰中庸，或曰恕，各种各样的说法很多。可我认为，其根本应该是礼。礼的思想，是非常微妙的。用哲学式的话来说，礼乃是爱的表达方式。在人类生活的痛苦之中，爱的表达困难比比皆是。这种表达的拙劣和困顿，不正是人类不幸的根源所在吗？如果能解决这种表达困难，那么君君、臣臣、父父、子子的伦理秩序也就成了不言自明之事。人们一边唱着歌，一边自然而然地遵循礼。一切的屈辱、束缚和痛苦，也将就此离人们远去。可那些儒学先生只是将礼中最不重要的仪礼和成规教给学生，他们玷污了礼，把礼变成了一种让君主得以侮辱臣子、父亲得以束缚儿子的伪善手段。这种倾向在很早的时候就已经出现了。魏晋时的竹林隐士们，便是不堪于礼的堕落，才逃进竹林纵情于饮酒的。他们的行径是非常粗野的，赤身露体，喝得烂醉如泥。当时所谓的道德家们斥骂他们，把他们当作流氓，当作背德者。即便是放到现在，高雅的正人君子们恐怕也会对他们的行状频频蹙眉吧。然而，即便是这些竹林隐士自己，也并不觉得自己的生活有多么高尚，只是无可奈何而已。竹林之外，没有他们的立足之地。世人滔滔不绝，想方设法罗列出无数种礼的名目，肆意给反对自己的人安上不孝之污名。再将之打倒，从而巩固自己的地位和财富。而那些老老实实信奉真正的礼的人，虽不平于这些伪善者对礼的滥用，却也无力进行任何挽救。确实是无可奈何。好吧，那我们以后就不提这个礼字了。于是，他们便固执于自己这番愚直的偏见。他们自暴自弃，反过来对礼恶语相向，甚至还在饮酒的时候脱个精光。可在当时，在内心深处将礼教当成宝贝一般珍视的人，却只有他们。在那个年代，隐士们无可奈何之下，只能采取这种背德者式的态度。否则，他们便无法继续秉承真正的礼的思想。而那些所谓的道德家们则阳奉阴违，表面上秉承一种高贵的态度，实际上却是在破坏礼的思想，这些人完全不相信礼教。所以，那些相信礼教的人就只能成为背德者，逃到竹林里面去，像个流氓无赖一样饮酒度日。我现在虽然不想逃进竹林，赤身饮酒度日，可我的心，却已经徘徊彷徨在竹林之中。我已经看透了那些儒学先生的虚伪，也受够了他们矫揉造作的行为举止。这些事情，早在松岛的那天夜里，我应该都已经一一向你坦白过了。思想若是被人与人之间的客套和恭维所利用，那就完蛋了。我憧憬着新的学问，亦想从这具思想尸骸中逃离出去。于是便丢下了家乡，去了南京。那之后的事，在松岛时也都跟你说过了。可今年夏天，我去了东京，回来之后便陷入了抑郁，在幽深竹林中完全迷失了方向。我不知道那究竟是什么，不，即使知道，我也不敢将其明白无误地形诸语言。倘若我的疑惑不幸成真，恐怕我就只能自杀了。真希望这疑惑仅仅是我个人的妄想。跟你坦白说吧，最近，我突然在留学生同胞的革命运动中嗅到了一股不祥的夸张气味。他们狂热的姿态和行动，我完全跟不上。或许这便是我不幸的宿命吧。我认为他们的革命运动绝对正确，我尊敬孙文，我信奉三民主义，我珍之如至宝，这是我最后的依靠。如果他们也将我抛弃，那我便成了浮萍，成了奴隶。尽管如此,我如今依旧踏上了那些竹林隐士的后尘。我做过很多努力。留学生们的热情也绝对没有问题。'一起呐喊吧,好不好?''什么难为情?那都是你的虚荣心在作祟。''你身上好像有一点不健康的、虚无主义者的气息。''你的脸上露出了奴隶式的微笑。''小心!驱逐掉你心中的黑暗。即使别扭也无所谓,还是要多添一些明亮的光。'我责骂自己,鞭策自己,试图牢牢地把住自己的舵,矫正自己前进的航向。我甚至还希望自己成为革命党的党员,可是……"说着,他突然紧张起来,问我,"几点了?已经很晚了吧?"

我告诉了他时间。

"是吗?能否再稍微叨扰你一会儿呢?"他脸上浮现出卑怯的笑容,"现在,对于别人的想法,我是越来越难以理解了。对于我们中国自己人,我都有很多事情理解不了,国籍不同的人之间就更不用说了。迄今为止,你都非常护着我,不光是你,藤野先生也是,还有你家的房东夫妇,也对我非常好。矢岛同学那封信,意思直截爽快,我反而觉得很好。中国人劣等,所以不可能取得那样的好成绩。他的态度就是如此,清清楚楚,明明白白。因此,托他的福,我的心境也安定释然了许多。温情这种东西,总是让我左右为难。所以从今以后,有什么话就请直截了当地对我说吧。这么晚了,我还在你这里自顾自地说话,会不会很烦?真的没有关系吗?"

我没有说话。一个人如果客气到这种令人讨厌的地步，恐怕连寄宿家庭的人都会免不了嫌弃他吧。我心里想。

"好像生气了嘛。不过，只有跟你在一起的时候，我才能真正地安下心来。自松岛相识以来，一直都跟你说些无聊又愚蠢的话，医学救国什么的……"说着，他扑哧一声笑了，"都是些幼稚的三段论拼凑出来的东西，都是些歪理、谬论。科学……为什么我如此畏惧科学呢？孩子喜欢火柴，孩子们拿着火柴的样子也非常可爱。可如果孩子们手上拿着科学的武器，那又将会是怎样一副光景呢？或许反而会酿成惨剧。因为孩子心里光想着玩了。就好像医好了他的病，他就立刻跑到河里洗澡，等到旧病复发，便再次跑回来看病。借科学之威力使民众觉醒，促其重燃新生之希望，再将其导向维新之信仰。这么个想法，连三段论都称不上。都是些丢人的东西。都是些歪理！谬论！我已经从脑中彻底抹除了所谓的科学救国论。如今，我必须更加踏实地重新考量这些问题。即便圣明如摩西，亦花了四十年的时间。而当我走投无路之时，却总会想起日本的明治维新。日本之维新，非由科学之力推动。这点是可以确定的。日本的维新，由水户义公[①]编撰《大日本

[①] 德川光圀（1628—1701），谥号义公。日本江户时代的大名，水户藩第二代藩主，初代将军德川家康之孙，二代将军德川秀忠之侄，水户藩主德川赖房之子。曾编撰汉文纪传体史书《大日本史》。——译者注

史》而拉开序幕，经契冲[①]、春满[②]、真渊[③]、宣长[④]、笃胤[⑤]，以及撰写《日本外史》的山阳[⑥]等诸多著述家的精神启蒙，而最终点燃了维新的导火索。他们所用的教化手段乃是精神上的启蒙，而非materiell[⑦]上的娱乐与安慰。明治维新这一奇迹的根源正在于此。借助科学所创造的快乐来救济本国的国民，其实是非常危险的。那是西洋人为了侵略他国，继而驯服他国人

[①] 契冲（1640—1701），摄津尼崎人，江户时期真言宗僧人，国学者，歌人。11岁出家于高野山，后从事佛典与《万叶集》的研究，在德川光圀资助下完成《万叶代匠记》。契冲精通和汉之学，基于复古的信念，在古典的注释研究以及古代历史的假名用法等文献学方面做出了巨大的贡献，奠定了近世日本国学的基础。——译者注
[②] 荷田春满（1669—1736），江户时代的神官，国学四大名人之一。崇尚契冲的思想，致力于《万叶集》《古事记》《日本书纪》的研究，曾建议建立国学学堂。主张运用古语、古文阐明日本固有的精神。反对运用儒学、佛学的态度对日本的古典做解释。著有《万叶集童蒙抄》《伊势物语童子问》《创学校启》。——译者注
[③] 贺茂真渊（1695—1769），江户时期歌人，国学四大名人之一。出身于神官之家，37岁进京随荷田春满学习国学，41岁往江户，后成为国学大家。其致力于以《万叶集》为中心的日本古典研究，主张和歌应以"万叶调"为根本，确立了和歌发展的主流。著有《万叶考》《歌意考》《国意考》。——译者注
[④] 本居宣长（1730—1801），江户时期国学家，国学四大名人之一。是日本复古国学的集大成者，早年上京都学习儒学、医学。回乡后边行医为业，边研究国学。长期钻研《源氏物语》《古事记》等日本古典作品。其古典研究运用实证的方法，努力按照古典记载的原貌，排除儒家和佛家的解释和影响，探求"古道"。提倡日本民族固有的情感"物哀"，为日本国学的发展和神道的复兴确立了思想理论基础。——译者注
[⑤] 平田笃胤（1776—1843），日本江户时期国学家，国学四大名人之一。本居宣长的弟子。提倡古道学，主张尊王复古。他的思想在幕府末期成为国学的主流，被称为"平田神道"。著有《古史征》《古道大意》等。——译者注
[⑥] 赖襄（1780—1832），号山阳，江户后期儒学家，历史学家，汉诗诗人，书法家。作为尊王攘夷派志士的精神支柱，影响很大。其著作《日本外史》文笔出众，朴实易读，是当时日本知识分子的必读书，也是整个19世纪日本人最爱读的史书。该书对幕末的尊王攘夷与倒幕维新，以及日后日本走上对外扩张的道路，都起了重要的精神推动作用。——译者注
[⑦] 德语，物质的、物质上之意。——译者注

民所采取的手段。若要教化本国的国民，首要的，乃是启发民智。先医肉体之疾病，点燃其新生之希望，之后再逐步进行精神上的教化。如此拐弯抹角的策略，远水救不了近火，是完全没有必要的。这不光是在说别人，我自己也是如此。如今，我体悟到了日本忠义一元论这样直截了当的哲学，就已经算是得救了。大概只有在舔着冰激凌，嚼着太妃糖，看看电影的时候才会稍稍分一分神吧。日本的这种一元论哲学，是一种毫不造作、默默践行的哲学，能让我紧张的心平静下来。对于自己所深深信仰的东西，还是不要过于狂热和骚动为好。东京的那些朋友们，开口必称三民主义，仿佛三民主义一词已经成了区别人与非人的标志。可真正的三民主义者呢？现在都躲到竹林里去了吧？不、不会的，这一定是我肆意捏造的妄想。我是越来越糊涂了，就连三民主义是什么也搞不清楚了。然而，我必须相信他们的狂热。不，应该是尊敬，必须尊敬他们的热情。为了拯救祖国于独立危机，他们如今正拼命呐喊。而我别无他选，只能与他们步调一致，随同他们四处奔走。我虽然没有加入革命党，但也不是贪生怕死之辈，我早已同他们一道做好了随时赴死的思想准备。不管我愿意与否，船都已经开始前进，而我的船舵也已经被牢牢钉在这个方向之上了。我现在必须为他们做点儿什么。那么，首先要做什么好呢？想到这里，我眼前便径直浮现出一片忧郁的竹林。他们说我是民族的背叛者，说我是日本迷。可我却感到庆幸，庆幸于他们至今仍未背叛我们的民族。总之，我不懂政治。比起党员增减和干部任免，我更看重一个人内心的空隙。确切说来，我更关心的是教育。并不是高等教育，而是民众的初等教育。我的思想是贫弱的，也没有什么独特的哲学或宗教可供兜售。我只想把我所专心信仰的三民主义，浅显易懂地教给民众，继而促进整个民族的自觉。啊，仔细想来，恐怕我，作为他们的朋友，也只能在这种极其低微的工作上帮一点小忙吧。即便如此，对于我这种无能之人，这份工作也未必轻松。我若做一个医生，靠着大家多多帮衬，说不定也能勉勉强强做下去。可让我做教育者，这又该如何是好呢？教育民众——就明治维新的前车之鉴来看，著书立说是最富成效的。可我却不会写文章。对我来说，成为清国的赖山阳，要比成为清国的杉田玄白难上百倍。所以，政治家也好，医生也好，教育者也好，所有这些，我都无法胜任。于是我便去教堂寻找 krankenbett，恰好又听到了那个招人忌讳的奴隶故事，心下大吃一惊，最后就跑到你这里来了。说了这么一大段蠢话，我都快变成一个小丑了。真是不好意思。听我说这么多，一定很无聊吧。好了，小丑就要退场了。房东一家还没睡吧？会不会不小心听到我讲的话？'那个中国人，在唠唠叨叨些什么？麻烦死了！还不早点回去，害得我们连门也不能锁。'怎么说呢，最近总是马虎大意，心里也很苦恼。我是不是变了呢？只有你能理解我，对吧？我现在不敢相信任何人……好吧，那我先走了，再见。"

"有件事想拜托你。请你在门外稍稍等我一分钟。"

周君脸上露出了一副诧异的神情，微微点了点头，走出了门外。

我对着寄宿家庭的卧室大声喊道："阿姨，周君走啦。"

"啊，他要是带了伞就好了。"她只是淡淡地应了一句，正合我意。

此时，周君应该正站在门外听我们说话。我来到门外，正要找他，却发现他已经不在了。一片黑暗之中，只有雪在不停地下。

毕竟是四十年前的事情了，我也不敢说自己的记忆分毫不差。"一国之维新，不在西洋之实利科学，而应致力于民众的初步教育。第一要义是改造民众的精神，否则，维新万难有所成就。"这便是周君的疑问。而我第一次从他口中听到这一疑问，也确是那天雪夜里的事情。周君的这一疑问，不久之后便促成了他对文章的兴趣和关心。后来，便有了作家鲁迅。所以，将这一疑问当作鲁迅诞生之因由来看待，亦是未尝不可的。然而最近，大家都传言：这一疑问是在所谓的幻灯片事件之后，才突然泛起于周君心中的。我觉得这种说法是有些问题的。我还听人说，鲁迅后来也写了一些文章，追忆自己曾在仙台度过的岁月。文章之中，也明明白白地将所谓的幻灯片事件当成了自己弃医从文的契机。对此，我个人不置可否。我只觉得文章中所写的那些内容，大概也是四舍五入，经历过简要整理的。人类的历史，有时候确实需要按照清晰的线索和要领，进行编缀整理。而鲁迅为何又一定要将自己的过去整饬得如此富有"戏剧性"？其中的原因，我亦并不知晓。只是，在他撰文之时，想必中国的形势、日中之间的关系以及他本人作为中国的代表作家等情状，都会对他有所影响。循着这些线索清查下去，大概也能找到一些值得肯定的答案。可愚笨如我之人，又怎能体会得到周君所身处的那番琐碎细微的窘境呢？美女转身就成了女鬼，戏剧之中，这样的事情并不少见。可人们的生活之中，又哪有如此鲜明的起承转合呢？人心中的转折，不要说别人明不明白，就连自己对此也是稀里糊涂，不是吗？很多时候，人会惊讶愕然，发现自己的体内竟不知不觉地流淌着异样的血液，不是吗？确实，在翌年的春天，发生了所谓的幻灯片事件。但我认为，那并不是周君的转折，充其量只是一个小小的契机。而借此契机，他终于意识到了自己体内那不知不觉间流淌着的异样的血液。他并不是看了那幻灯片，才骤而决定投身文艺的。一言以蔽之，是因为他早就对文艺有所热衷了。这只是一个俗人平庸之极的判断，自己听了也觉得兴味寡然。可我却只能这么想。要是不喜欢那条路，他是绝对走不下去的。而在他那早已点燃的文艺热情之上添油加醋的那个淘气家伙，与其放这么一部幻灯片，倒不如好好列举一下当时日本青年的文艺热潮，这样岂不是来得更为直接实在一点吗？说起日本当时的文艺热潮，那是风光红火得不得了，大有一股"不谈文艺枉为人"的势头。即使在仙台，也能见到手捧诗集和小说（读没读过不知道），昂首阔步于街头的女学生。她们被称为星堇派[1]，大多都戴着眼镜，总是神经质一般地皱着眉头，轻蔑地瞪视着行为粗鄙的我们。仙台的剧场也开始经常上演作家和剧作家们所作的新剧。庸俗如我，也没能抵得住这股激流，最终还是偷偷找了藤村的新体诗来读。东北仙台尚且盛况如此，更何况繁华的首都东京？那番景象，又怎是我这等乡下人能够想象得了的？暑假的时候，周君去了东京。扑面而来的，恐怕就是这股汹涌澎湃的文艺海啸吧？恐怕就是书店里如洪水一般淹没读者的文艺书籍吧？恐怕就是那些泅泳于洪水之中，表情异常认真的青年男女吧？"这些人所寻求的东西究竟是什么呢？"周君一定是怀着这样的疑问，才步入他们的行列，徘徊漫步于各个书店之中的。他买了各种各样的文艺书籍，并把这些书都背回了仙台。还把东京的年轻人当作了他的

---

[1] 星堇派，明治三十年时期，以与谢野铁干、与谢野晶子夫妇为核心，由《明星》杂志同人形成的带有浪漫主义倾向的诗人派别。其作品风格感伤，亦有艺术至上倾向，多歌颂纯洁和甜美的爱情。——译者注

竞争对手。他的文艺热情就这样在胸中慢慢燃烧，愈演愈烈。可与此同时，本国青年们的革命呐喊，却一刻也不曾远离过他的耳畔。医学、文艺与革命，换句话说，就是科学、艺术与政治，他不正是在这三者的混沌旋涡之中不断翻滚泅泳吗？周君后来的许多著作，我都一无所知。因此，所谓伟大的鲁迅和他伟大的文艺功绩，我亦无从知晓。不过有一点我却可以确定无疑：他是中国最早的文明病患者。我所认识的那个仙台的周君，便是这样一个人。他为近代文明而担忧苦恼，乃至生病。为了寻找病床，他甚至敲开了教堂的大门。可那里面，也没有任何救济之法。像以往一样，他又再次退避，彷徨，懊恼。情绪的混沌之中生出一股自嫌来。他那正直而高尚的脸上，亦因此而浮现出奴隶式的微笑。他对待文明的态度，他看待问题的方式，难道不足以使他成为一个令人心痛的中国先驱者吗？他陷入苦涩的内省地狱之中，而这内省的地狱不也越来越接近那有着"人生百感图"之谓的文艺了吗？文艺本来就是他所"热衷的道路"。疲惫不堪的他爬上了这座病床，心里难道不会稍稍有所宽慰吗？当然，这只是我个人的平庸判断而已。人心之迷宫，即使是当事人亦难以揣测，更何况我这个才疏学浅的俗人呢？然而，社会上风传的鲁迅之人生转折，我是无论如何不敢苟同的。因此，我才不揣冒昧，斗胆说出这一通前言不搭后语的道理来。

那日雪夜之后，大约又过了一个多月。我记得那应该是明治三十九年正月前后。那时，周君已有一周没在教室露过面了。我问了津田，说是肚子闹了病，在家躺着呢。于是，放学之后，我便顺道前往周君的宿舍去探望。周君像个病人一样，脸色有些发青。见我前来探望，他立刻爬了起来，还不顾我的劝阻，迅速地叠好了被子。

"什么呀，已经好了。根据津田医生的诊断，疑似患有 pest[①]。已经宣告医治无望了，结果却发现是个巨大的误诊。哈哈哈……其实就是正月里吃了太多的青鱼子。日本也真是，正月里反而要故意吃些鱼子啊豆子之类的粗糙食物来庆祝，倒也是个痛快的国家。"

我瞥了一眼桌边散落的诸般图书。几乎都是些文艺书。其中，德国雷克兰出版社[②]的书是最多的。日本作家森鸥外、上田敏、二叶亭四迷的著作也掺杂于其中。

"若论文艺，哪个国家的最好？"我钻进被炉，坐在了周君的对面。像以往一样，问了个愚蠢的问题。

"这个嘛……"那天，周君的心情似乎十分愉快，"文艺仿佛国家的镜子。国家艰苦奋斗之时，国内就必然会产生出好的

---

① 德语，疾病，瘟疫之意。——译者注
② 雷克兰出版社，1828年由德国人安东·雷克兰创建于莱比锡，以翻译世界各国名著的雷克兰小丛书而闻名。——译者注

文艺。文艺这种东西，看似是柔男弱女的游戏之物，与国家的兴废存亡似乎没有任何关系。而实际上，却能确确实实地反映出一个国家的真正实力。可谓是无用之用，不能小觑。我对埃及和印度的文艺十分好奇。可走遍了东京的各个书店，也没有找到一本关于印度或埃及文艺的书。印度的文明传统比中国更为古老，如今一定出现了一位足以令全民族自豪的先驱者，正创作新的文艺，以期对抗其他民族的压迫。我也只是会纸上谈兵，并不觉得自己有什么写诗或写小说的才能。我想把那些受压迫民族的反抗作品搜集出来，翻译成中文，介绍给我的同胞。可即便是翻译，做出来的文章仍旧是不忍卒读，真是没办法。我国内的弟弟作人，不好意思，之前说过，他笑起来和你有点儿像……我的弟弟作人，从小时候开始，文章就比我作得好得多。所以，我想先请教弟弟，兄弟俩相互合作，一点一点地把文艺逐步译介给我的同胞们。所以最近这段时间，我常常练笔，也写了些形形色色的文章。"说着，他从桌子的抽屉里拿出了一本笔记，哗啦哗啦地翻给我看。"就是这些，怎么样？啊，不是，都是些中文的文章，你应该看不懂吧？找一个地方，翻译成日文给你看看吧。"

他信笔在便笺上哗啦哗啦地写下几行字，他的脸也骤然红了起来，犹豫了一会儿，才把那张写好的便笺递给我。我一气读完，便觉得是篇好文。于是，便把那张便笺硬要下来，带回了家。为什么要留着那张便笺呢？恐怕是为了纪念吧。其实那个时候，对于我们即将来临的分别，我并没有什么清晰明确的预感。为什么会对一张纸片如此执着呢？或许只是朦胧之中的一种直觉吧。后来的很长一段时间里，我都把那张纸片夹在我的笔记之中，课上无聊犯困之时，就会偷偷拿出来看一看，怀念起身在远方的周君。毕业的时候，一个学友拿走了这张便笺，至今我仍然为此惋惜不已。这都是后话了。那一段文章，我当时反复读过，至今依然大致记得。主题大约是关于文章之本质的：

> 文章为美术之一，质当亦然，与个人暨邦国之存，无所系属，实利离尽，究理弗存。故其为效，益智不如史乘，诫人不如格言，致富不如工商，弋功名不如卒业之券。特世有文章，而人乃以几于具足。严冬永留，春气不至，生其躯壳，死其精魂，其人虽生，而人生之道失。文章无用之用，其在斯乎？[1]

我的记性不太好，或许会有两三处错误。有些地方语气较弱，也是因为我记不清拿不准。总之，文章本身要比我所记得

---

[1] 引自《摩罗诗力说》。——译者注

的好上十倍。究竟是怎样一篇好文,就请诸君自行想象吧。

短文的主旨与他之前所提到的"为同胞的政治运动搭把手"的文艺,多多少少有些出入。可"无用之用"一词,却着实让人感到含蓄微妙。归根结底,依旧是"用"。却不像实际的政治运动一样对民众富有强烈的指导性。这种"用"是徐徐浸润并且充实人心的。我想,他的意思大概就是如此吧。我觉得这样的解释一点也不保守,毋宁说是非常健全的。循着这样的方式,即便是我们这样的文艺门外汉,亦能隐隐约约感受到其中的巨大力量。不知是在那天,还是别的哪一天,周君又即兴举了一些例子,给予我很大启发。

"有个人遭遇海难,身体被卷进怒涛,继而被拍上海岸。他死命抓住了一个地方,是灯塔的窗沿。'啊,太好了。'他正准备求救,只见窗户里,守卫灯塔的夫妇和他们年幼的女儿正其乐融融地吃着晚饭。'不行。'他迟疑了一瞬,有点儿不好意思。浪涛紧扑而来,随即将这位腼腆的遇难者一口吞噬。他就这样被大浪卷向了远方。故事就是这样。这个遇难者,已经再也不可能得救了。他被怒涛卷走了,或许还是在一个暴风雪之夜。他孤零零地死去,没有任何人知道。守卫灯塔的人肯定不知道,他们正全家团聚,享受着晚餐。在一个暴风雪之夜,没有月亮,也没有星星,所以什么也看不见。最终,没有任何人知道这件事。有人说,事实比小说离奇。可这个世界上,却存在着无人知晓的事实。而且，在这些没有任何人知道的人生角落之中，却存在着珠玉一般闪闪发光的事实。用天赋的触角把这些不可思议的事情挖掘出来的，就是文艺。因此，文艺的创造比世人所称颂的事实更接近真实。若是没有文艺，这个世界就会遍布空洞。文艺会自然而然地填补这些不公平的空洞，就好像水会自然而然地往低处流。"

听了周君这番话，像我这样粗鲁的野人也不禁点头称是：原来如此啊，世上少了文艺，便如轮子没有上油。刚开始虽然运转得很好，可不久之后就会损坏破裂。可另一方面，我又为藤野先生感到难过。一想到他是那么热心地指导和帮助周君学习医学，我就不由得叹气。当时，藤野先生对这些事情还一无所知，仍旧一周一次用红笔帮周君修改笔记。不过，终归是老师，对于自己学生的变化，还是颇为敏感的。他似乎也渐渐地发现了一些端倪，周君对于医学研究是越来越不上心了。他时常把周君叫到他的研究室去，非常生气地说着什么。而我也在之后被他叫去了两三次。

"周君最近似乎没什么精神啊，是不是有什么心事？"

"班里是不是有些人找周君的麻烦？"

"研究 thema[①]，同周君商量过了吗？"

[①] 德语，主题、题目之意。——译者注

"心里还是接受不了解剖实习吗？如果能为医学做贡献，日本的病人们是非常愿意把自己死后的 leichnam①拿去供人解剖的。这件事你有没有告诉周君听呀？"

他这些近乎啰唆的问题，仿佛子弹一样络绎不绝地打在我身上。对此，我也只能一味地敷衍搪塞。周君的医学救国信念已经动摇。他又进一步调查了日本的维新，发现其导火索是被一群思想家的著述所点燃的。可周君认为，那些艰涩难懂的思想著述在现今的环境下并不可靠，着眼于对民众进行初等教育的文艺才是当前的第一要务。为此，周君开始研究世界各国的文艺。对于藤野先生来说，周君的这一转变宛如晴天霹雳。若是直接向他说明，他一定会大吃一惊，继而悲伤落寞。如此一想，即便笨拙如我，也不得不对周君的事含糊其辞。不过，也有那么一次，我还是间接向周君转达了藤野先生对他的担心。

"这次，藤野先生给了我们一个研究题目，一起做做看吧？是关于缠足的骨骼形状的，是不是很有意思？"

周君微微笑了笑，摇了摇头。仿佛已经察觉到了一切。那个暑假之后，周君待人就非常冷淡。脸上倒没有什么居心不良的表情，但总感觉他已成为另一个世界的人，完全与我们相隔绝。与我们见了面，也只是模棱两可地笑一笑。热心肠的津田

---

① 德语，尸体之意。——译者注

终于忍不住担心起来：

"那家伙是不是有什么毛病啊？在宿舍的时候就一心读那些无聊的小说，学校的功课也完全丢掉了。是不是快要成为革命党了？不对，难道是失恋了？不管怎样，他这样子下去可不行。这次说不定会留级啊。他可是清政府选拔并派遣到日本来的秀才。日本若是不教授他一套像样的学问，又有何面目面对清政府呢？作为他的朋友，我们可是肩负着重大责任的。那个家伙这阵子似乎根本就没把我当回事，我试着告诫了他好几次，他也不说话，光是冲我冷笑。真是让人害怕。你去跟他说说吧，或许他能听得进去。要不哪天干脆狠狠地教训他一顿吧，怎么样？给他来上几拳，跟他说说，让他醒一醒。说不定他就回心转意，好好用功了。"

在写这篇手记的时候，有两三个地方，我是以嘲笑的笔调来写津田的。如今，我开始对此感到后悔了。仔细想来，最为关心周君的人，难道不正是这个津田吗？就要与周君分别，我在宿舍为他举行了简单的内部欢送会。出席者有酒鬼木工和他十岁的女儿，津田和矢岛两位干事，我，以及主宾周君。我们站了起来，齐声合唱了一首歌。那真是一曲古怪而又奇妙的合唱，齐聚了各式各样的"音乐天才"，至今想来还叫人忍俊不禁：

    授业的庭院，历经春秋。

厚重的师恩，深难忘怀。

往昔的岁月，我们一一追忆。

如今已然，分别在即。

一声再见，我们各奔前路。

往日的恩情，亲密的友谊。

朋友啊朋友，请勿要忘记。

唱着唱着，津田就第一个转过身去，哭了起来。嘴上虽然能耐，可如今他却比谁都要难过落寞。我与津田相处，见了他这样好的一面，便不再像以前那样害怕和讨厌城里人了。而那位矢岛君，之前我误以为他只是一个乡下的纨绔子弟，相处之后，才发现他原来也是一个非常认真的人。就仙台人的性格，周君曾提出过这样的批评，说东北人"满怀东北雄藩的责任感和自豪感，倔强固执"。矢岛君也是一样，他太过拘泥于所谓的"仙台的面子"，因此才在初次见面时表情生硬，显露出一副妄自尊大的模样。可我们若是毫不客气地戳破这层"面子"，他就会骤然害羞，继而变得亲切大方起来。之所以摆出那副目中无人的架子，恐怕也是为了掩饰内心的柔弱吧。我甚至觉得，他绝不是为了侮辱中国人，或把中国看作劣等民族，才给周君写那样恶劣的信的。毋宁说，他的信中，包含着对于中国秀才的敬畏。这种敬畏，经过奇妙而生硬的倒错，最终形成类似"不要瞧不起仙台"的对抗心理,因此才有了那封恶劣的信。一个认真的人,写信的时候,思前想后拿不定主意,所以文章才写得前言不搭后语,信上的字才乱得跟钉歪的钉子一样。可归根结底,他是个认真的人,那阵子,他见周君对学校的功课渐渐丧失了兴趣,还以为是自己写的那封信伤了周君的心。他为此感到非常内疚,于是便送了一本德语大辞典给周君。此外,矢岛还帮周君写作业。上课的时候,还总坐在周君旁边,仿佛仆人一样照料他。然而,周君仍旧不依不饶。他不顾我们(以藤野先生为首)拼命的劝阻,在不久之后,便离开了我们。

那都是第二学年年末的事情了。积雪消融之后,榴之冈的垂樱也盛开了。校园里的山樱也同褐色的新叶纠缠在一起,开出了饱满厚重的花。那段时间里,我们正在着手复习和准备学年末的考试。就是在那个时候,发生了那个幻灯片事件。周君那令人怀念的身影便骤然从我们周围消失了。我之前也说过,周君并不是在看了幻灯片之后才急剧转向的。事实上,他的人生转折在很早之前就已经徐徐展开了。可我也不得不承认,那次幻灯片事件至少成为了一个借口,促成周君做出了最终的决定。也就是说,幻灯片事件成了最后一个岔口。而在这个岔口上,周君选择了离开仙台。

第二学年,学校给我们开了微菌学课。老师会放映幻灯片，来为我们讲解和说明细菌形形色色的形状和特征。有时讲义的一段已完，而时间还没有到，老师便映些风景或时事的画片给学生看，以用去这多余的光阴。华严瀑布呀，吉野山呀，颜色特别漂亮，直到现在我还依稀记得。时事的画片也会放一些，旅顺港封锁、水师营会见、奉天入城等，大多是关于日俄战争的。我们这些学生，当时看了那些英勇雄壮的画面，都会兴高采烈地鼓掌喝彩。那个学年末的某一天，微菌学课上，像往常一样放了些时事的画片。当二〇三高地①的激战和三笠舰的画面出来时，我们都欢呼鼓掌起来。正在这时，画面突然一变，出现了一个中国人因做了俄罗斯的军事间谍而被处刑的场景。听了老师的说明后，我们又激动地鼓起掌来。就在这时，阴暗的教室侧门突然悄悄地打开了，一个学生偷偷地从那里溜到了外面的走廊上。我认出了他的身影，心中一惊，是周君。我能理解周君的心情，也觉得自己不应该无动于衷。于是，我跟在他的后面，也偷偷地溜出了教室。走廊里已经找不到周君的身影了。正是上课时间，全校一片寂静。我从走廊的窗户向外面的校园眺望，总算看见了周君。他正仰面躺在校园里的一棵山樱树下。我下楼来到校园里，走近周君的身旁。他正闭着眼睛，嘴角还出

---

① 二〇三高地，位于旅顺新市区西3公里的猴（后）石山景区，因海拔203米而得名。日俄战争中它是西线制高点，距市区和港口要塞较近，是日俄双方争夺的重要阵地。——译者注

人意料地露出一丝微微的笑容。

"周君……"我小声叫他。他见了我,霍地坐了起来。

"我就知道你一定会跟过来。不用担心。多亏了那张幻灯片,我总算是下定了决心。看见我久违的同胞,我也重新打定了主意,我要立即回国。看了那张幻灯片,我无法再无动于衷下去了。我国的民众,依然处于那种昏聩懒散的状态。日本正举全国之力英勇奋战,而他们却去给俄国做军事间谍。其想法我无从得知,多半是被重金收买了吧。而比起这位背叛者,更让我感到可悲的却是周围那些围观的民众。他们那一张张愚蠢的脸,简直让我难以忍受。那就是现今中国民众的表情。看来,问题果然还是出在精神上。对现今的中国来说,最重要的并非身体的强健。那些看热闹的人,他们的身体不都健康得很吗?如今,我更深深地确信,医学并非当前的紧要之事。紧要的乃是精神上的革新,是国民性的改善。若是继续保持现状,中国将永远无法成为一个真正的独立国家,永远无法获得一个独立国家所应有的尊严。反清兴汉也好,君主立宪也罢,都只是换汤不换药的政治口号。倘若不从人本身的质地之中寻求改变,便别无其他疗救的希望。我如今在国外生活,也有好一段时间没有见过中国民众那种茫然的表情,因此心中才犹豫不决,迷茫不前。今天多亏了那张画片,我算是找到目标了。是件好事。我要立即弃医回国。"

事到如今,我觉得自己已经不应该再阻止他,可一不小心,嘴边还是漏出了一句话:

"那藤野先生……"

"啊……"周君低下了头,"是的,我辜负了先生对我的期许。我很难过。所以事到如今,我还在学校里磨磨蹭蹭……可是……"他又抬起了头,"可是,我不得不这么做。见了同胞们的表情,我已不能再左顾右盼了。日本的忠义一元论,难道不正是如此吗?是的。我总算体悟到其中的况味了。回国之后,我首先便要革新民众的精神,掀起一场文艺运动。我要将我的一生奉献于斯。总之,我回了国之后,就立即去找故乡的弟弟商议,一起出一本文艺杂志。今天,就是现在,我已经想好了杂志的名字。"

"什么样的名字?"

"新生。"

他笑着回答。在那笑容之中,一点儿也看不见他自己所谓的"奴隶的微笑"。

老医师的手记到此结束。而我(太宰)则在此再添几行文字,聊供读者参考。

昭和十一年秋,全世界引以为荣的东洋文豪——鲁迅先生逝世。在他逝世的十年之前,也就是鲁迅先生四十六岁的昭和元年。他发表了一篇题为《藤野先生》的小品文。在此节录如下：

（前略）到第二学年的终结，我便去寻藤野先生，告诉他我将不学医学，并且离开这仙台。他的脸色仿佛有些悲哀，似乎想说话，但竟没有说。

"我想去学生物学，先生教给我的学问，也还有用的。"其实我并没有决意要学生物学，因为看得他有些凄然，便说了一个慰安他的谎话。

"为医学而教的解剖学之类，怕于生物学也没有什么大帮助。"他叹息说。

将走的前几天，他叫我到他家里去，交给我一张照相，后面写着两个字——"惜别"，还说希望将我的也送他。但我这时适值没有照相；他便叮嘱我将来照了寄给他，并且时时通信告诉他此后的状况。

我离开仙台之后，就多年没有照过相，又因为状况也无聊，说起来无非使他失望，便连信也怕写了。经过的年月一多，话更无从说起，所以虽然有时想写信，却又难以下笔，这样一直到现在，竟没有寄过一封信和一张照片。从他那一面看起来，是一去之后，杳无消息了。

但不知怎地，我总还时时记起他，在我所认为的我的师之中，他是最使我感激，给我鼓励的一个。有时我常常想：他的对于我的热心的希望，不倦的教诲，小而言之，是为中国，就是希望中国有新的医学；大而言之，是为学术，就是希望新的医学传到中国去。他的性格，在我的眼里和心里是伟大的，虽然他的姓名并不为许多人所知道。

　　他所改正的讲义，我曾经订成三厚本，收藏着的，将作为永久的纪念。不幸七年前迁居的时候，中途毁坏了一口书箱，失去半箱书，恰巧这讲义也遗失在内了。责成运送局去找寻，寂无回信。只有他的照相至今还挂在我北京寓居的东墙上，书桌对面。每当夜间疲倦，正想偷懒时，仰面在灯光中瞥见他黑瘦的面貌，似乎正要说出抑扬顿挫的话来，便使我忽又良心发现，而且增加勇气了，于是点上一枝烟，再继续写些为"正人君子"之流所深恶痛疾的文字。

后来，鲁迅先生的选集在日本出版。当时，日本的编者曾就入选文章一事征询过鲁迅先生的意见。鲁迅先生答复：可根据你们的意见自行编选。但是，请务必将《藤野先生》选入其中。

后　记

　　这篇《惜别》，确实是为响应内阁情报局和文学报国会的嘱托而动笔写成的小说。然而，即便没有来自这两方的请求，我也依然会在某一天试着去将这部小说写出来。我花了很长时间去搜集小说的材料，考量小说的架构。在搜集材料的过程中，我曾与我的前辈小说家小田岳夫先生诚恳亲切地交谈过。而小田先生与中国文学的关系，是人尽皆知的。倘若没有小田先生的赞成和帮助，怠懒如我之人是决计不会下定决心去写这般大费周章的小说的。小田先生已经写过一本《鲁迅传》，这是一部宛若春花一般甜美的著作。而恰在我开始写作这部小说之前，竹内好先生也出乎意料地将他最近刚刚出版的，仿佛秋霜一般严厉的著作《鲁迅》惠赠于我。我同竹内好先生虽然未曾谋面，但也曾在杂志上拜读过他发表的论及中国文学的论文，厚颜无耻地做过一些类似于"写得不错"的评论，亦曾暗暗期待他将来有所作为。我甚至还想过将来找个时间拜托小田先生为我引荐引荐竹内先生。可不久之后就听说他已经被征召入伍了，所以竹内先生这本呕心沥血的著作，恐怕也是在他外出期间出版的。而他或许在出征之际还交代过："等书出版之后，也送太宰一部。"因此，出版方赠书于我之时，还随书还附了一张贺卡，上书："谨依著者交代，在此敬呈阁下。"仅凭如此，就足够让我受宠若惊了。可书跋之中竟然还记述了一件让我大为意外的事实：即书中的这位中国文学逸才，曾在早先喜爱过我那些拙劣的小说。这不禁让我狼狈惶恐，面红耳赤。我十分感激于这段奇缘，于是便像个少年一样鼓起了干劲，开始动笔撰写这部小说。

现下，如您所见，小说已经写成。可这部小说果真能够担得起小田先生的诸多帮助和竹内先生不远万里的支持吗？我心中毫无底气，甚为不安。

另外，在撰写小说之时，为调查仙台医专的历史，东京帝大的大野博士以及东北帝大的广滨、加藤两位博士，都分别为我写了介绍信。此外，承蒙仙台河北新报社的好意，我得以从头至尾翻阅报社秘藏的贵重资料，借以了解仙台的历史，我的小说撰写工作亦因此得以有效进展。像我这样籍籍无名的作家，竟能得到如此之多的便利，背后当然少不了内阁情报局与文学报国会给予的支持。但是，能够爽快地为我这一介穷酸书生写介绍信，能够把例不外借的珍贵资料予我自由阅览，诸位的好意，在下没齿难忘。

最后还有一件事情，我无论如何必须在此说明：这部小说，是彻彻底底由一个叫太宰的日本作家有感于自己的责任而自由写成的。在写作过程中，情报局和报国会从未曾限制或束缚过我，亦未曾对我提出过任何意见和要求。而且，在我完成小说并将其提交给主管部门后，也未对其做出过任何删减和改动。这恐怕就是所谓朝野一心吧。而这一切，也不仅仅是我一个人的幸福。

《惜别》之意图

明治三十五年，二十二岁的周树人（后来的世界文豪，鲁迅），心中的理想正熊熊燃烧着：前往日本修习医学，借此重振病夫遍布的祖国。他作为中国的留学生，踏上了横滨的土地。而笔者的小说，也打算从这里写起。在他那多愁善感的眼里，日本的大地究竟是怎样一番景象呢？在横滨开往新桥的列车上，他兴奋地眺望着窗外的日本风景。之后的两年里，他又在东京的弘文学院度过了两年纯真而又拘谨的留学生活。他又是如何爱着东京，理解东京这座城市的呢？然而，对于其他的中国留学生，他似乎怀有一种自我嫌弃似的反感。明治三十七年九月，他入学于一个中国留学生都没有的仙台医学专门学校。在仙台生活的两年，成为他人生中举足轻重的决定性时期。在这段时期，他确实受到了两三个日本医学生的恶意刁难。而另一方面，他又仿佛因此而获得了加倍的补偿，得以在日本结识了难得的良师与益友。尤其是藤野严九郎那份深似大海的师恩，令他久久难以忘怀，以至在多年以后，他写下了那篇饱含感恩之情的名篇《藤野先生》。他在文章中写道："只有他的照相至今还挂在我北京寓居的东墙上，书桌对面。每当夜间疲倦，正想偷懒时，仰面在灯光中瞥见他黑瘦的面貌，似乎正要说出抑扬顿挫的话来，便使我忽又良心发现，而且增加勇气了。"而更为重要的是，作为仙台唯一的中国留学生，仙台的寄宿生活也让他一点一点开始逐步了解日本的真正情况。时年正值日俄战争激战正酣之时。仙台市民的爱国热情空前高涨，就连身为外国人的他也不得不数度为此瞠目结舌，感佩不已。他本是热爱祖国、满腔热血的一介书生，如今，眼见日本一副清洁、活泼的姿态，再想想祖国的疲态和凋敝，一股绝望不禁由心而生。但是，决不能失去希望，日本的这股新鲜活力究竟是从何处迸发而来的呢？怀着一种异常的紧张，他开始观察周遭日本人的生活。中国青年留学日本，本非因为他们将日本看作世界第一的文明国家。留学日本的真意，其实是学习西洋文明。日本已经将西洋文明去粗取精，并对其加以成功的应用。不远万里跑到西洋去学习，倒不如就近留学日本吸收西洋文明的精粹。时年二十二岁的周树人，心怀这样的想法东渡留学，亦是无可厚非的。然而，经过细心而周详的观察，他不得不承认：在日本人的生活之中，存在着一种同西洋文明全然不同的气质，一种孤独凛然而又难以侵犯的品格。清洁感，这种在中国完全看不到的日本的清洁感，究竟是从哪里来的呢？他心里冒出了这样的想法：这种美的根源难道不是隐藏在日本家庭的深处吗？此外，他还注意到：在他的祖国丝毫不被接受的单纯的洁净信仰（或可称为理想），在日本则为所有人所毫不例外地坚决秉持。可是，他还是无法完全弄明白这其中的缘由。他的思考又逐渐回溯到了与教育相关的敕语，赐予军人的敕谕。最终，他得出了自己的明确结论：作为独立国家的中国之所以大厦将倾，危在旦夕，并非中国人肉体上的病弱所致。真正的原因显然在于四处蔓延滋生的精神上的可怕疾病，即丧失了理想的那种怠惰和倨傲。若要改善和医治这种患病的精神，弘扬中国维新的信仰，美丽而崇高的文艺才是最为便捷的途径。于是，明治三十九年夏天（六月），他中断了自己的学业，从医学专门学校退学，同恩师藤野先生、学校的好朋友以及亲切的仙台人道别。文艺救国的理想和希望在他的心中熊熊燃烧，他器宇轩昂地踏上了前往东京的旅程。故事结束，笔者也搁笔于此。光是说这些故事梗概，未免听起来有点儿强词夺理，不够生动。于是，笔者将写作的重点放在了周树人在仙台的那些美好而又令人怀念的交游之上，还希望让各种各样的日本男女乃至儿童——周树人是非常喜欢小孩子的，都在其中登场。而对于鲁迅晚年的文学论，笔者并没有太多的兴趣。因此，后来的那些鲁迅的故事，笔者概不触及。在此，笔者只是想要描绘出那个单纯而又多愁善感的，作为中国留学生的"周君"。既不轻蔑和鄙视中国人,也绝不浅薄地吹捧和怂恿。我只想以一种洁净、独立、友善的态度,来正确地描摹那位年轻的周树人先生。我的意图,只是希望现代中国的年轻知识分子们,在读过这篇小说之后,能够心生感慨:原来在日本亦有理解他们的人。我只是希望,能在炮火的轰鸣之中,为日中的全面和平贡献自己的一份微薄之力。

眉山

这是饮食店关闭令发布之前的故事。

因了这次战争的缘故,新宿附近几乎被火烧得一干二净。不过,不出众人意料的是,废墟之中复苏最快的还要数那些售卖饮食的人家。帝都座后面那个匆忙搭建出来的二层小店(虽说不是临时房屋,但也好不到哪里去)便是其中之一。

"若松屋这里嘛,没有眉山在也不是不可以……"

"Exactly。那家伙,吵死了,就是个fool嘛。"

话虽如此,可我们还是隔三天就去一次若松屋,在二楼那个六铺席大的地方喝个烂醉如泥,再东倒西歪地睡在一起。那是个特别随便的地方,所以我们都爱去。一分钱不带也没关系,只管赊账就好了。理由很简单,那里离我在三鹰的家很近,而且店里的老头子也是我的老酒友,和我家里人也合得来。就是他介绍我去若松屋的。"我姐姐在新宿开了一家新店,去看看吧,以前是开在筑地的。我已经跟姐姐打好招呼啦,你去那边住也是无妨的。"

我随即就去了。喝个烂醉,之后便在那睡了。他所谓的姐姐,已经是四十多岁的寡淡老板娘了。

不管怎样,能赊账便是弥足珍贵的。我但凡请客,大多都会带客人到那里去。虽说我也是个末流小说家,但来找我的客人却不见得都是些小说家。画家和音乐家也会来,小说家反倒比较少。不,说是聊胜于无也不过分,就是这么一种状态。不过,新宿若松屋的老板娘却把他们都当作了小说家。特别是那个女招待小年,从小就喜欢读小说,宁愿饿肚子也必须有小说看。因此,每当我带着客人上到他们家二楼的时候,她眼睛里总是闪着好奇的光芒,问我:"这是哪一位呀?"

"这位是林芙美子先生[1]。"

其实那是一位大我五岁的秃头西洋画家。

"可是……"人称宁愿饿肚子也要看小说的小年,一脸狼狈地问道,"林先生……是……一位男士?"

"没错!高浜虚子[2]还是一位老头儿呢,川端龙子[3]还是一

---

[1] 林芙美子,(1903—1951),日本女小说家。生于下关市,尾道高等女校毕业后,当过女工、女仆。1924年起在《文艺战线》等杂志发表作品。1930年发表第一部自传体长篇小说《流浪记》,描写自己苦难的经历,因此扬名文坛。作品有《清贫的书》《牡蛎》《晚菊》《浮云》等。——译者注
[2] 高浜虚子(1874—1959),日本俳句诗人,原名清。爱媛县松山市长町新町人,他对现代日本俳句文学的发展有重要影响。——译者注
[3] 川端龙子(1885—1966),战前日本画家,俳人。——译者注

位长着八字胡的潇洒绅士呢。"

"都是小说家?"

"没错。"

从那以后,这位西洋画家在新宿的若松屋便被称为林先生了。而事实上,他是二科会①的桥田新一郎。

有一次,我带了钢琴家川上六郎来若松屋的二楼。中途,我下楼去厕所。只见小年正拿着一个长柄的酒壶,站在楼梯口。

"那位先生,是哪一位呀?"

"真烦人啊,是谁不都一样吗?"

我实在懒得理她了。

她又问:

"是哪一位呀?"

"姓川上。"

我已经发火了,也不想再像平常那样开玩笑,便说了真话。

"啊,我知道啦,川上眉山②。"

事到如今,我已经一点儿也不觉得好笑了,她的愚蠢已经

---

① 二科会,美术团体。日本大正三年(1914)成立,由石井柏亭、有岛生马等西洋画家组成。——译者注
② 川上眉山(1869-1908),本名川上亮,生于大阪。是日本浪漫主义和自然主义过渡时期的"观念小说"作家。作品有《书记官》《表里》《观音岩》等。——译者注

把我彻底惹恼。我甚至想要动手揍她一顿。

"蠢货!"我呵斥道。

以前我们总是当面叫她小年,自那以后,就开始改叫她眉山了。此外,还有人把若松屋称作眉山轩。

眉山的年纪,在二十岁左右。其人也颇有一番风采:身形低矮,肤色黝黑,面貌扁平,眼睛细小。虽说她浑身上下,无一处可取。但偏偏那两道眉毛,煞是纤细修长,宛如新月一般。这么一来,倒是和她那眉山的诨名很是相称。

然而,在她那愚蠢吵闹还有厚脸皮之中,确实有种让人无法忍受的东西。即便楼下有客人,她还是一个劲儿地往二楼跑。自己明明什么都不懂,却硬要满脸自信地在我们的谈话中插嘴。之前就有过这样的事情:

"可是,所谓基本人权……"我们中的某个人正说着话呢。

她就突然哎的一声冒了出来:"那是什么?应该是美国的东西吧?什么时候能得到配给呀?"

她把人权当成了人造丝①。这下一桌人的兴致都被她扫个精光,大家都皱着眉头,笑也笑不出来了。

只有眉山一个人开心地笑了:

"可是,也没有人告诉过我嘛。"

---

① 日语里,人权(人権)和人造丝(人絹)读音相同。——译者注

"小年,楼下好像有客人来啦。"

"不碍事,没关系的。"

"你倒是不碍事,可我们……"

气氛就这样变得越来越糟。

"那家伙,难道不是个白痴吗?"

眉山不在的时候,我们都会骂她泄愤。

"太过分了,无论如何都太过分了。这家店本来挺不错的。可就是有那个眉山…"

"简直是出人意料的自恋啊。我们都那么讨厌她,她竟然一点也不自知,还以为自己很受欢迎……"

"真是受不了。"

"不是这样的吧,说不定是个有点渊源的。据说,是个贵族……"

"什么?这可是头一回听说啊。挺少见的故事啊。是眉山自己说的吗?"

"是啊,给你们说说这位贵族的糗事。也不知道是谁骗她说,真正的贵妇人小便的时候是不会下蹲的。结果这个蠢货就跑到厕所里去试。我的老天啊,弄得到处都是,简直是汪洋大海,把厕所都快淹掉啦。可是事后她还要装出一副什么都不知道的样子。你们知道吧,这里的厕所和后面的点心店是共用的。点心店的老板生气得不得了,跑去和楼下的老板娘告状,还料定此事的始作俑者就是我们。还说什么喝成那个样子，真是麻烦得很啊。就是这么回事。这下可好，我们也算当了一回可悲的替罪羔羊啦。可是，不管我们醉成什么样，也不至于做出这等失礼的事情，弄出这一大摊洪水来把厕所都给淹了吧。事情真是蹊跷得很，最后刨根问底，才发现其实是眉山所为。她十分轻易地就向我们招认了，还说厕所的构造不好。"

"可为什么又说是贵族呢？"

"这会儿不都这么传吗？说眉山家是静冈市的名门呢……"

"名门？从上等人到下等人都有的啊。"

"她家住的房子，简直大得不像话。说是在打仗的时候被全部烧掉，如今便潦倒落魄了。据说怎么着也得有帝都座那么大，真是叫人吃惊啊。仔细一问，才知道其实是个小学。那个眉山，就是小学的那位小使先生的女儿。"

"说到这里我也想起来一件事。那家伙上下楼梯简直粗鲁无比。上楼梯的时候，咚咚咚，下楼梯的时候，好像滚下去了一样，嗒嗒嗒。真是烦人透顶。嗒嗒嗒地滚下去，冲进厕所，嘭的一声把门一关，然后就哗啦哗啦。托她的福，我们也不知道什么时候蒙上不白之冤了。那个楼梯下面还有一个房间，老板娘的亲戚上京来做牙齿手术的时候在那里睡过，本来就牙痛，还咚咚嗒嗒地响个不停，那亲戚就跑去和老板娘说要把我们这些二楼的客人全杀了。可我们这些人里面，没有哪个人是那样上下楼梯的呀。话虽如此，老板娘还是把我当作各位的代表提醒了一下。实在没意思得很，我就跟老板娘说，一定是那个眉山，啊不，是那个小年干的。话音未落，站在一边听着的眉山就轻轻地笑了，一脸得意地反驳说，从小就有人教过她，上下楼梯要轻手轻脚。女人那浅薄的虚荣心啊。那一下子我就被惊呆了。是嘛，真的吗？学校教的吗？这么说来就不是吹牛了？小学里的那些楼梯还真是够结实啊！"

"真是越听越让人讨厌，明天我们还是转战别处好了。现在可是好时候，再去别的地方找个根据地吧。"

主意已定，便开始四处寻找别处的小酒馆，可最后又回到若松屋来了。不管怎么说，这里还是可以赊账的呀。因此最终还是朝若松屋迈开了脚步。

一开始被我带来的那个秃顶的林先生（也就是西洋画家桥田），后来也常常一个人过来，成了这家店的常客。此外，还有两三个人也常常来这里。

天气暖和了，过不了多久樱花也要开了。那天，我在眉山轩约了前进座的新晋演员中村国男君谈事情。说是谈事情，其实是在给他说媒。事情稍微有点复杂，在我家里又不方便大声说话，于是便约了他来眉山轩大声论争一番。那时，中村国男君也算是眉山轩的半个常客。因此，眉山满心把他当作中村武罗夫先生①。

到了店里一看,中村武罗夫先生还没来。林先生桥田新一郎正坐在土间的桌子旁,一个人拿着杯子喝酒。一边喝,还一边冷笑。

"壮观啊,眉山一脚踩进味噌里了。"

"味噌?"

我转头望向老板娘的脸,她正站在那里,一只胳膊肘支在柜台上。

老板娘皱着眉头,一脸不高兴的样子。之后,又无可奈何地笑了。

"像她那样,总是毛手毛脚的,怎么说也没用,一点办法都没有。从外面慌慌张张地跑进来,眼睛也不看路,突然就扑哧一下。"

"真踩进去啦?"

"是啊。今天才配给的味噌,盒子里装得满满的。也是我没有把东西放好,可只要不是有意去插一脚应该也不会出问题。偏偏她居然猛地一下踹进去了,然后就这么踮着脚跑到厕所去了,还说自己怎么也忍不住了。唉,她要是能不这么冒冒失失的就好了。弄得厕所到处都是味噌的脚印,这让客人见了如何

---

① 中村武罗夫(1886—1949),文学编辑,小说家,评论家。新兴艺术派的核心人物。——译者注

是好……"

说着说着，老板娘就大声笑了起来。

"厕所里都是味噌，味道一定很不好吧。"我一边忍着笑一边说。

"去厕所之前倒还好。从厕所出来之后，那个脚呀，简直受不了。因为眉山的汪洋大海，如今已是人尽皆知了，现在前脚味噌踩进去，后脚出来一定就变成大便啦。"

"什么眉山大海呀，我怎么不知道。哎，总之那些味噌是用不了啦，现在全让小年扔掉啦。"

"全部？这可要紧得很啊，我早上时不时还要来这里享用味噌汤呢。为了今后奢侈的早饭，您可得跟我说清楚才行。"

"全部都扔了。您要是不信，可以看看嘛，我们已经不为客人提供味噌汤啦。"

"我就暂且相信您啦。小年呢？"

"在井边洗脚呢。"

桥田接着说道：

"真是壮烈非凡啊。我可是亲眼看见了，踩着味噌的眉山，也可以算进吉右卫门之艺[①]里了啊。"

[①] 这里的典故来自鸟居清忠为歌舞伎所绘的屏风《初代中村吉右衛門 当り芸》，其上画有中村吉右卫门扮演过的经典人物。屏风于大正五年（1916）七月由市村座的田村成义赠送给中村吉右卫门。——译者注

"不行,这可演不成。味噌这样的小道具太麻烦了。"

桥田那天有事,没过多久就回去了。我上了二楼,等中村赴约。

踩着味噌的眉山,捧着长柄酒壶,咚咚咚地上来了。

"你是不是身体哪里不舒服?一靠近你就能闻到一股味道。是不是上厕所上得太多了?"

"真的吗?不至于吧?"说完,她开心地笑了。"我小的时候,就有人这么说我,说小年脸上的表情就好像从来没去过厕所一样。"

"因为你是贵族嘛……不过,说实话,我倒觉得你脸上的表情,好像总是刚从厕所里出来一样……"

"啊,您可真过分。"

话虽这么说,她还是笑了。

"也不知道是哪一次,衣服都没扎好就拿着长柄酒壶跑过来了。那副样子,文学一点说,就是一目了然。弄成那个样子,还跑来斟酒,本身就失礼之极。"

"您怎么尽说这些事呀。"

然而,她似乎并不在意。

"喂,我说,难道你就不嫌邋遢吗?居然当着客人的面抠指甲。我们好歹也是客人啊。"

"可是,你们也都会抠指甲呀,对不对?你们的指甲都这么干净。"

"这完全是两回事！喂，我问你，你究竟洗不洗澡的？老实回答！"

"洗呀。"她模棱两可地回答，"我之前去了书店。买了这个，上面还有你的名字呢。"

突然间，她就掏出了本文艺杂志。哗啦哗啦地反复翻着页，似乎是在找我的名字。

"住手！"我忍无可忍，朝她怒吼。心中一股憎恶油然而生，真想狠狠地揍她一顿。"你这家伙不明白，那种东西是看不得的。为什么还要跑去买这种东西呢？真是浪费。"

"可是，这上面有你的名字啊。"

"那又怎么样呢？难道你要把所有出现过我名字的书都一本一本地买了收集起来吗？开什么玩笑。"

这种逻辑虽然奇怪，可我还是禁不住感到一阵恶心。我在自己的住处也收到了那份杂志。而我也知道，上面登的都是些批评和非难的论文，说我的小说是屎一样的味噌或者味噌一样的屎。可眉山却像之前一样，若无其事地读着这些文章。不，理由还不止这些。我的名字，我的作品，可不就像眉山一样，处处招人欺负，惹人厌烦，让人忍无可忍吗？不，可能出乎我意料的是，那些嘴里嚷嚷着宁愿饿肚子也要读小说的家伙里，也有很多像眉山一样的人吧。而作者呢，却要汗流浃背，拼命工作乃至牺牲自己的老婆和孩子，千方百计地去服侍这样的读者。想到这里，真是让人欲哭无泪，心如死灰。

"总之，赶紧把杂志收起来。不收起来的话就揍你一顿。"

"真过分。"她果然又嘻嘻地冷笑起来，"我不看还不行吗？"

"不行，你都买了，这就是证据，这就说明你是个蠢货。"

"我不是蠢货，我是小孩子。"

"小孩子？你？什么？"

我顿时说不出话来了，一股强烈的愁苦从心底冒了出来。

几天后，我因为饮酒过量，身体状况陡然恶化，在床上躺了大概十天才终于恢复过来。于是，便又上新宿这里喝酒来了。

时间已是傍晚。我在新宿站前，突然有人拍我的肩膀。我回头一看，是之前的林先生桥田。他已经喝得微醺了，脸上带着笑，站在那里。

"眉山轩？"

"嗯，怎么样，一起去？"

我邀他同去。

"不去了，我都已经去过回来了。"

"有什么关系嘛，再跟我去一次。"

"你身体不是不太好吗……"

"已经没事啦，走吧。"

"哦哦。"

这有点不像桥田。不知道为什么，他似乎不太情愿。

走在后街的小路上时，我用一种好像忽然想起来什么似的语气问他：

"脚踩着味噌的眉山，还和以前一样？"

"不在了。"

"啊？"

"今天去看了，不在了。死了。"

我大吃一惊。

"刚从老板娘那里听说的。"桥田一脸严肃地说，"据说她染上了肾结核。当然，一开始老板娘和小年都没有发觉。可她上厕所实在上得太频繁了些，于是老板娘带她去医院检查，检查完了才发现这个病。然而，她两边的肾都染上了病，吃药也好手术也好都已经延误了时机，剩下的日子也似乎不多了。因此，老板娘什么也没告诉她，就直接把她打发回静冈的父亲身边去了。"

"原来是这样……是个挺好的孩子呀。"

说完，我不禁长叹一声。心下十分狼狈，自己说出口的话，最后竟扇了自己一记响亮的耳光。

"是个好孩子呀。"桥田渐渐沉静下来，意味深长地说，"如今，性格那么好的孩子不多见了。即便是为了我们，她也拼命地工作啊。我们住在二楼的时候，凌晨两三点，只要醒了，就马上跑到楼下去叫她：'小年，酒。'话音刚落，就听到她回答：'来啦。'天那么冷，她却一点也不磨蹭，嗖地一下就爬起来拿酒上来给我们。这样的孩子，去哪里找啊。"

我拼命忍住就要流出来的眼泪，说：

"可是，踩着味噌的眉山，这绰号可是你给取的呀。"

"对此我感到非常惭愧。小便频繁，恐怕是因为肾结核的缘故吧。踩在味噌上，好似滚下去一样嗒嗒嗒地下楼去厕所，其实也都是无可厚非的事情。"

"眉山的汪洋大海也是吗？"

"想必是吧。"面对我这些好似挖苦一般的问题，桥田似乎有些不高兴了。"根本就不是因为什么贵族站着小便！她真的就只是想在我们身边多待一会儿才一直忍着憋着，最后才会变成那个样子。上楼梯的时候咚咚咚，也是因为生了病，身体渐渐不听使唤了。可即便如此，她不还是一直硬撑着，辛辛苦苦地服侍我们吗？我们这些家伙，哪一个敢说自己没受过她的照顾。"

我站住了，心中生起一阵悔意，恨不得要捶胸顿足。

"我们去别处吧。在那里喝不下。"

"我也是。"

从那天起，我们就换别的地方喝酒了。

雪夜故事

那天，雪从早上开始就下了起来。用毛毡给小鹤（侄女）做的劳动裤缝好了，因此，那天放学后，我就顺道把裤子送到了中野的婶婶家。走之前，婶婶给了我两片鱿鱼干。等我到吉祥寺的时候，天已经黑了，地上的雪也积了一尺多厚。而雪却一点儿没有要停的迹象，仍在静悄悄地下着。我穿着长靴，此时此刻，整个人反倒兴奋了起来。于是便故意往积雪深厚的地方走。一直走到我家附近的邮筒那里时，才发现胳膊下面那两包报纸包着的鱿鱼干不见了。我虽是个什么也不在乎的糊涂蛋，可丢东西的事情，却是从来没有过。只怕是那天夜里，看到深厚的积雪太过兴奋，连蹦带跳，撒欢胡闹，才不小心把东西弄丢了。我整个人一下就泄气了。搞丢个鱿鱼干就失落成这样，确实是件不成体统令人羞耻的事情。可是，这两包鱿鱼干，我本是想送给嫂嫂的。我嫂嫂，今年夏天就要生小宝宝啦。听说人肚子里要是有了小宝宝，就变得非常容易饿。吃饭的时候要吃双份,还要算上肚子里的小宝宝呢。嫂嫂跟我可不一样,她是个教养很好,举止优雅的人。之前吃饭,那都是"金丝雀进食",吃得很少。此外,也从来不加餐,不吃零食。可最近,她却总是羞答答地说自己肚子饿,还说自己突然想吃一些奇怪的东西。前些天晚饭后,我和嫂嫂一同收拾餐桌时,她还小声地说自己的嘴巴好苦,想嚼一嚼鱿鱼干,说完,似乎还轻轻叹了口气。我心里便记住了这件事。而那天,中野的婶婶碰巧给了我两片鱿鱼干,于是,我便满心想要拿去送给嫂嫂。没想到竟在路上被我弄丢了,真叫人灰心丧气。

你也知道,在家里,我、哥哥还有嫂嫂,三个人一起生活。哥哥是个性情古怪的小说家,年近四十,却依然一点儿名气都没有,因此家中也是穷困潦倒。他的身体也不好,时常卧床不起。可唯独嘴上功夫十分了得,有事没事就啰啰唆唆地训我们,嘴上说个不停,却从来不给家里帮忙。本是男人做的体力活,嫂嫂也不得不自己承担下来,真是可怜得很。有一天,我实在是气不过了,气鼓鼓地对哥哥说道:

"哥哥,你偶尔也背上帆布包去买买菜吧。别人家的男人都这样。"

"混账!我是那种庸俗的男人吗?听好了,君子(嫂嫂的名字),你也给我记清楚了,我们一家就算饿死,我也绝不会去做外出采购这样浅薄庸俗的事情。你们最好做好这样的心理准备。这是我最后的尊严。"

原来如此，可真是一番了不得的觉悟啊。不过，哥哥之所以如此痛恨那些外出采购的"大部队"，究竟是因为心系国家，还仅仅是因为自己懒惰而不想出门，这就不得而知了。我的父亲母亲虽然都是东京人，但父亲却常年在山形县的官厅工作。因此，我和哥哥都是在山形出生的。父亲在山形过世之后，母亲带着年约二十的哥哥，把还是个小孩子的我背在背上，三人一起又回到了东京。前些年，母亲也过世了。如今，家里便只剩下我和哥哥还有嫂嫂，三人相依为命。因为没有所谓的故乡，所以也不像其他家庭那样时常能收到乡下送来的食物。而且哥哥性情古怪，根本不同他人来往。因此我们也从来没有什么稀罕东西能够以一种出乎意料的方式"入手"。因此，虽说只是两片鱿鱼干，可送给嫂嫂的话，她也一定会非常开心。虽然有失体面，可我还是对那两片鱿鱼干痛惜不已。于是，我连忙转身向右，折回刚才过来的雪路一步一步慢慢寻找。找了半天，依然踪影皆无。在白色的雪路上找白色的报纸包，本身就是件非常困难的事情。而与此同时，天上的雪还下个不停。等我走到吉祥寺车站附近的时候，已经连一块石头都看不到了。我叹了口气，重新撑了撑伞，抬头望向漆黑的夜空。雪花恍如成千上万的萤火虫狂乱地飞舞。真美啊，我心里想。道路两侧的树上也积满了厚重的雪，树枝都被雪压得垂了下去。时不时地，好似叹息一样，幽幽地颤动。此刻，我感觉自己仿佛置身于童话世界之中。鱿鱼干的事，早已忘到后脑勺去了。哈，我忽然灵机一动，一个好主意浮上心头。何不将这般美丽的雪景，拿去送给嫂嫂呢？这样的一件礼物，简直要比那鱿鱼干好上千倍万倍。满脑子光想着吃，真是太没出息了。着实令人感到羞耻。

哥哥曾经告诉过我，人的眼球可以储存所见到的风景。盯着电灯泡看一会儿，再闭上眼睛，就会在眼皮上清清楚楚地看到之前的电灯泡。这就是证据。关于这一点，在以前的丹麦，还曾有过这样一个短短的故事。哥哥给我讲了这个短短的故事。哥哥的故事，多数时候都是些不着边际的东西。可只有这个故事，即便是他瞎编出来的，也算得上是个好故事。

> 很久以前，有一个丹麦医生，正在解剖因船难而死的水手的尸体。当他用显微镜观察死者的眼球时，发现眼球的视网膜上反映出一派温馨的阖家团圆光景。他把此事告诉了他的小说家朋友，小说家当场便对此事做出了以下的解释：这位年轻的水手遭遇船难，被怒涛所裹挟，几经周折，终于被冲上岸来。这时，

他拼命地抓住了一样东西，是灯塔的窗缘。他心下大喜，正要大声呼救。忽然往窗户里一望，看见灯塔员一家正其乐融融地吃晚饭呢。啊，不好，我现在要是凄惨地大喊救命，可不就破坏了他们一家的团聚吗？心中这么一想，他抓住窗缘的手指一松。哗啦一个大浪打来，就把再次他卷走了。情况想来便是如此吧。小说家说，这位水手乃是世上最温柔最高贵的人。医生也赞同小说家的看法。于是，两人满怀崇敬地厚葬了这位水手。

我愿意相信这个故事。即便在科学上完全说不通，我也愿意相信这个故事。在那个雪夜，这个故事突然浮现在我的脑海之中。于是，我将眼前的美丽雪景映进我的眼睛里，带回了家。

"嫂嫂，快来看我的眼睛。看了我的眼睛，肚子里的小宝宝会变漂亮哟。"我想这样对嫂嫂说。因为前些天，嫂嫂曾一边笑着一边拜托哥哥：

"请在我房间的墙壁上贴一些漂亮的人的画像吧。我每天看着他们，就会生出漂亮的孩子来。"

哥哥则很严肃地点了点头，说道：

"唔，胎教吗？确实非常重要。"

于是，哥哥就把雍容华贵的"孙次郎"[①]和楚楚可怜的"雪小面"[②]——两张能面具的照片，并排贴在了墙上。这倒还不错，可之后，他又把自己那张眉头紧锁的脸——自己的一张照片，严丝合缝地贴在了两张能面具之间。这样一来，那两张能面具也起不了什么作用了。

"求你了，就把你那张照片拿下来吧。一看见你那张照片，我胸口就堵得慌。"一贯温柔稳重的嫂嫂，也终于忍受不了了。她好像祈求神仙一样恳求哥哥，总算是让他把自己的照片拿了下来。要不然，嫂嫂生下来的小宝宝一定会长成尖嘴猴腮的模样。哥哥都长成那副怪模样了，却还时常妄想自己是个美男子。可真是吓煞人。如今，为了肚子里的小宝宝，嫂嫂全心全意地想要看到世界上最美的东西。我要是把今天的这片雪景丝毫不漏地收进眼底，带回去让嫂嫂看，比起收到那两片鱿鱼干来，她一定要高兴千倍万倍呢。

我不再想鱿鱼干的事情，开始往家里走。回家的路上，我一路走，一路尽可能地眺望周围美丽的雪景。不仅仅是将这些景色收进眼底，还要尽可能地刻进心底。怀着这样的心情，我回到了家。

---

① 孙次郎，能面具的一种，相貌温和的年轻女子面具。通常为扮演高雅的年轻女子所佩戴。取名于能面具制作家金刚孙次郎的名字。——译者注
② 小面，能面具之一，代表性的女性面具，表现最年轻的女性，表情可爱美丽。——译者注

"嫂嫂,快看我的眼睛。我的眼睛深处,全是美丽的景色呢。"

"啊?你说什么?"嫂嫂笑着站起身来,把手搭在我的肩膀上说,"你的眼睛?究竟怎么啦?"

"哥哥之前不是说过吗?人的眼睛里,会留下刚刚看到过的景色。"

"你哥哥说的事,早忘记啦。反正多数都是瞎编的。"

"可是,可是只有那个故事是真的。我只相信那个故事。所以啊,看看我的眼睛。我刚刚看见了非常美丽的雪景。看见了好多好多。快,快看看我的眼睛。看完之后就一定能生下皮肤像雪一样白的漂亮小宝宝。"

嫂嫂一脸悲伤,默默地凝视着我的脸。

"喂!"这时,哥哥从隔壁的六铺席房间里跑了出来,"俊子(我的名字)那无聊的眼睛,有什么好看的?还不如来看看我的眼睛呢,效果百倍!"

"为什么?为什么?"我气得牙痒痒,简直想要把哥哥打一顿。"嫂嫂说,看了你的眼睛就想吐!"

"不会吧。我这双眼睛,漂亮的雪景看了二十年啦。二十岁之前,我可是一直住在山形。俊子这家伙,还没懂事的时候就来东京了。俊子呀,你根本就不知道山形的雪景是多么美。所以你看到东京这种贫乏的雪景才会这样大惊小怪。我看过的雪景，要比这美上百倍千倍，多得数也数不过来，这双眼睛都已经看腻了。所以不管怎么说，我的眼睛都要比俊子的好。"

我十分不甘心，委屈得快哭出来了。这时，嫂嫂来救我了。她微微一笑，静静地说：

"哥哥的这双眼睛，确实看过千百倍美丽的景色。可与此同时，也见过千百倍的肮脏与丑恶。"

"是啊，没错，丑的东西要比美的多，所以这双眼睛才又黄又浊！哈哈。"

"这孩子，说话真是没大没小。"

哥哥气鼓鼓地转身，又钻回隔壁的六铺席房间去了。

樱桃

> 我要向山举目。
>
> ——《诗篇》:第一百二十一

我认为,父母比孩子重要。尽管我也像颇具古风的道学先生一样,心里时常想着要为孩子好。可我依旧认为,同孩子相比,父母无论如何都是弱势的。至少就我的家庭来说,事情确实如此。等老了之后,就让孩子来照顾自己,这等厚颜无耻的卑鄙企图,我是从来没有过的。在家里,我这个做父母的,事事都要顺着孩子的脾气。说是孩子,可我家的孩子年纪都还小,大女儿七岁,儿子四岁,小女儿才一岁。即便如此,他们也已经开始在方方面面压迫他们的父母了。父亲和母亲在他们面前,已颇有男佣女仆之趣了。

夏天,全家人都聚在三铺席的房间里,热热闹闹、喧喧嚷嚷地吃晚饭。父亲用毛巾胡乱擦了把脸上的汗,一个人嘟嘟囔囔地发起了牢骚：

"《俳风柳多留》①里说过，一边吃饭，一边呼哧呼哧流汗，是件十分低等粗鲁的事情。可孩子们闹成这样，就是再高雅的父亲，也要大汗淋漓啊。"

母亲一边给一岁的小女儿喂奶，一边侍候大女儿、儿子还有父亲吃饭，时不时还要擦掉或者捡起从孩子们嘴里漏出来的东西，顺便把他们抹抹鼻涕，身上仿佛生出了三头六臂，直叫人瞠目结舌。

"爸爸的鼻子最喜欢出汗了，一天到晚都在不停地擦鼻子。"

父亲苦笑道："嗯，那你呢？是大腿内侧吗？"

"真是一位高雅的父亲呀。"

"什么呀，什么高雅不高雅的，这难道不应该是医学上的事情吗？"

"我嘛……"母亲的脸色变得稍微严肃了一点，"这个乳头和这个乳头之间……泪之谷……"

泪之谷。

父亲一句话也没说，埋头继续吃饭。

我在家里的时候，经常喜欢开玩笑。或者可以这么说，正

---

① 《俳风柳多留》，川柳集，出版于江户中后期，共167篇，作品与俳句一样，按五七五的顺序排列。风格多以口语为主，形式较为自由，多用于表达讽刺与滑稽。——译者注

因为"心中烦恼"的事情很多,所以才不得不在"表面上快乐"。嗯,不光是在家的时候,与别人接触的时候也是一样。不论自己心里多么愁苦,身体多么难受,我都会一如既往,拼命地创造快乐的气氛。因此,在同客人分别之后,我常常会累得连路都走不稳。金钱、道德乃至自杀这些事情,就会统统涌进我的脑海里。不,不仅仅是与别人接触,写小说的时候也是一样。在悲伤之时,我反而会努力去写些轻松愉快的故事。我自认为这是我最美好的奉献,可人们却并没有意识到这一点。他们瞧不起我,还说太宰治这个作家最近真是浅薄得很,老是靠一些好玩有趣的情节来吸引读者,真是廉价。

一个人为别人奉献自己,难道还是件坏事吗?装模作样,故作正经,反倒就是好事?

总之,对于那些不苟言笑乃至扫兴的事情,我是无法忍受的。在我自己家里,我总是不停地开玩笑,心里仿佛如履薄冰一般地开玩笑。与一部分读者和批评家所想象的并不一样,我的房间铺席崭新,书桌上也拾掇得整整齐齐,夫妻之间互相体恤,互相尊敬。丈夫打妻子这种事情自不消说,就连"给我滚""滚就滚"这种粗暴的争吵,也是从来没有的。父母争相疼爱孩子,孩子也因为父母的爱护而活泼可爱。

然而,这只是表象。母亲敞开的胸是泪之谷,父亲夜里的盗汗也越来越严重。丈夫和妻子都知道对方的痛苦,却尽可能地不去触碰。父亲讲笑话，母亲就笑。

可是，当母亲说到泪之谷的时候，父亲却默然了。即便想要开个玩笑，转移一下话题，脑袋里却一片空白，什么也想不出来。沉默在累积，气氛也越来越尴尬。父亲就算是开玩笑的行家里手，如今也不得不沉下脸来。

"请个人来吧，也只能这样了。"

为了不让母亲难过，父亲畏畏缩缩地嘟囔着，好似在自言自语。

三个孩子。对于家务，父亲完全帮不上忙。连自己的被子都不叠。于是，只好一个劲儿地开一些愚蠢的玩笑。配给啊，登记啊，这些事情也一概不知。那副样子，好似住在旅馆的客人，只管吃喝享受。有时带着便当去工作室，一个礼拜也不回来一次。平时嘴里总喊着工作，工作，可一天似乎也只是写个两三页稿纸。再就是酒。喝多了酒，整个人就无精打采地瘦了下来，一睡不起。此外，好像在外面还有不少年轻女友。

孩子……七岁的大女儿，还有今年春天出生的小女儿，虽说容易感冒，倒也和普通人一样，没什么大问题。然而四岁的儿子却骨瘦如柴，至今仍然站不起来。话也不会说，只知道呀呀乱叫。别人说的话，他也听不懂。在地上爬来爬去，大便小便也教不会。尽管如此，饭倒吃得不少。人却还是那么瘦小，头发也是稀稀拉拉的，一点也不见长个子。

父亲也好，母亲也好，关于这个儿子的话题都尽量不提。白痴，哑巴……这样的词一旦出口，两人还互相肯定，未免太过悲惨了。母亲时常会紧紧抱住这个孩子。而父亲呢，则时不时地发作一下，想要抱着这个孩子跳河自杀。

> 哑巴次子遭遇砍杀。×日正午时许，×区×町×号，某某（五十三岁）于自宅六铺席房间以劈柴刀砍向次子某某（十八岁）的头部，一击致命。之后用剪刀刺穿了自己的喉咙，自杀未遂。目前已被送往附近医院，状况不容乐观。最近小女儿（二十二岁）与女婿回家探访，某某因为疼爱小女儿，而憎恨次子又哑又蠢，忍无可忍之下挥刀砍杀。

即便是这样的新闻报道，也会让我给自己拼命地灌酒。

这个小家伙，如果他只是发育得比别人慢一点就好了。这个小家伙，他要是在不久之后就飞速长大，然后反过来嘲笑他的父母杞人忧天就好了。这些心思，夫妻俩对任何亲戚朋友都没有说，只是在心里悄悄念叨着。而明面上，他们依旧装出一副毫不在意的样子，拿着儿子的事情开玩笑。

母亲在全力以赴地生活，父亲也拼了老命。本来就不是什么多产的小说家，只是个极端小心翼翼的家伙而已。如今却被拉到公众跟前，手忙脚乱地写作。写作很辛苦，就靠喝自弃酒来维持。所谓自弃酒，就是自己不得志，事情不如意之时，喝得灰心丧气的酒。得志的人在任何时候都不会喝这种自弃酒的。（女人之所以酒喝得少，原因就在这里。）

与人辩论，我从来没有赢过。争起来就铁定会输。每一次都会被对方坚决的确信和强烈的自我肯定压倒。于是，我只好沉默。可事后慢慢想来，却发现并不是自己不好，真正自私任性的其实是对方。可既然已经输了，要是还揪揪扯扯地想要跟人再辩一次，也未免太不体面了。而且，于我来说，辩论与互殴并没有什么区别，其中的不快与憎恨永远也不会消失。因此，即便愤怒冲上了头脑，我也依旧会保持微笑，抑或是沉默不语。前前后后思量大半天，结果还是老样子：拿起酒瓶，喝我的自弃酒。

明明白白地说了吧。絮絮叨叨东拉西扯了这么久，这部小说要写的，其实是夫妻之间的争吵。

"泪之谷"——

这就是争吵的导火索。如前所述，这是一对行事颇为成熟稳重的夫妻，平日里不要说动手，就是互相骂脏话这种事情都是从来没有过的。然而，他们的生活颤颤巍巍，如履薄冰，其中正潜伏着一触即发的危机。双方都沉默不语，仿佛是在一点一点地搜集对方犯错的证据。翻起一张牌，瞥一眼，然后盖上。再翻起一张,瞥一眼,再盖上。鬼知道什么时候,一方就啪地一下把所有的牌往你面前一摊。不得不承认,正是这些潜伏的危机加深了夫妻之间的隔膜。妻子那边姑且不论,丈夫这边完全经不起推敲,是个越打越掉灰的人。

"泪之谷"——

听了这话,丈夫心里不舒服了。可他又不好争吵,于是就沉默。说出这种话来,多少有点儿冷嘲热讽的意味吧。可哭的人却不止是你一个啊。孩子的事情,我考虑得一点儿也不比你少。我认为自己的家庭很重要。孩子要是在半夜里咳嗽一下,我就一定会醒来,担心得睡不着觉。我也非常希望能够搬到一个好点儿的地方去,让你和孩子平时过得高兴一点儿,可我却怎么也做不到。我已经竭尽全力了。我也不是什么残忍的恶魔,我也没有那种气量——能够眼睁睁地看着妻子和儿女死去而坐视不理。配给,登记之类的事情,我也不是弄不懂,只是没有闲工夫去弄懂……父亲就这样在心里嘀咕着,他没有信心把这番话说出口。就算是说出来,遭到了母亲的反驳,他也依旧无言以对。

"请个人来吧——"

于是,好似自言自语一样,他试着提了一个主意。

母亲终究是个寡言少语的人。可一旦说起话来,语调里总会带着一种冷冽的自信。(不仅仅是母亲,大多数女人也都这样吧。)

"就算想请也不会有人来吧。"

"好好找一找,一定能找到的。不会请不来人的。找个人来使唤还找不到吗?"

"你是说我爱使唤人吗?"

"哪里……"

父亲又不说话了。他心里确实是那样想的,可他还是没说出口。

要是能请个人来就好了。母亲背着小儿子出门办事,做父亲的就不得不在家照顾另外两个孩子。此外,每天还有十来个客人过来。

"我想去一趟工作室。"

"现在就去吗?"

"嗯,要写点儿东西,今晚无论如何都得写完。"

这并不是在撒谎。然而,也确实想从家里的忧郁中逃离出去。

"我今晚想去妹妹那里来着。"

这件事我也知道。小姨子的病情的确不轻。可是,妻子要是出去探病,我就不得不在家守着孩子。

"所以啊,请个人嘛……"

话刚开了头,我就住了口。只要稍稍触及妻子娘家人的事情，两人之间的情绪就会变得复杂麻烦起来。

活着真是件让人吃不消的事情，处处都被锁链紧紧缠住，稍微动一动，就要溅出血来。

我站在那里，一句话也没说。默默地从六铺席房间的桌子抽屉里拿出存有稿费的信封，塞进袖子里。随后，又拿一块黑布包了稿纸和辞典，像是被掏空了一样，轻飘飘地出门了。

已经没法工作了，满脑子想的都是自杀，就这样径直来到了喝酒的地方。

"欢迎光临。"

"喝酒。今天怎么又穿了这个，尽是些让人头晕的漂亮花纹……"

"不好吗？我以为你喜欢这种花纹呢。"

"今天和老婆吵架了，烦得很。喝酒吧。今晚不回家了！说不回家就不回家！"

我觉得父母比孩子更重要。因为父母比孩子更脆弱。

樱桃上来了。

在家里，我可不会让孩子吃这么奢侈的东西。孩子们说不定连樱桃的样子都没有见过。若是有樱桃吃，孩子们一定会很开心吧。父亲要是带点儿樱桃回去，他们一定会很开心吧。用茎当线把这些樱桃串起来，戴在脖子上。看上去，一定和珊瑚项链一样吧。

然而，父亲吃着大盘子里盛着的樱桃，脸上却一副苦闷的表情，似乎这樱桃的味道糟糕无比。他吃一个，吐一口核。吃一个，吐一口核。吃一个，吐一口核。心里好似虚张声势一般地嘀咕着：父母比孩子更重要。

香鱼千金

我的一个朋友佐野君，虽然年纪要比我小十一岁，但依然是我的朋友。佐野君如今列籍于东京的一所大学，成绩却并不怎么样，说不好还要留级。尽管有些难以启齿，可我还是劝他要多多少少在学习上用用功。而当时的佐野君却只是抱着手，低着头，小声咕哝着："如此看来，只好去当小说家了。"听罢此言，我只得苦笑。他似乎认定，只有那些不学无术、头脑愚钝的人才会去当小说家。好吧，这个事情姑且不提。可最近，佐野君似乎确实下了坚定的决心，认为自己只能做个小说家。或许对于留级一事，他心里已经越发地肯定了吧。如今，他那句"只好去当小说家了"的话，听起来似乎已不再是玩笑，而成了货真价实的郑重决定了。大概是因为上述原因，佐野君近来的生活状况变得越发悠然自得。他才二十二岁，这回却正襟危坐于本乡的一间寄宿屋里，一个人琢磨起围棋来了。这副景象，叫人看了竟也颇有一番闲云野鹤的逸趣。他还时常穿西装出门旅行。包里常常装着稿纸，钢笔，墨水，《恶之花》，《新约圣经》，《战争与和平》的第一卷以及其他等等别的东西。在温泉旅馆的房间里，他泰然自若地倚着壁龛的柱子，将稿纸在桌上舒展开来，怔怔地望着嘴里吐出的香烟一点一点飘散，搔搔长发，轻轻咳嗽一声，已经俨然一副文人骚客的派头。可过不了多久，他就对这副徒劳无益的做派感到厌倦，于是便抬起脚出门散步去了。偶尔他也会从旅馆那里借一根钓竿，跑到山溪里去钓鳟鱼，最后也总是一无所获。其实，他也并不是很喜欢钓鱼，做个钓饵他都嫌麻烦呢。因此，他用的几乎都是毛钩[①]。他还为此在东京买了好几种高档毛钩，放在钱夹里带去旅行。明明就没有那么喜欢钓鱼，为什么还特地买好钓钩带去旅行呢？无他，只是想体味一下隐士的心境而已。

今年六月，香鱼渔禁解禁的当天，佐野君就把稿纸钢笔还有那本《战争与和平》揣进包里，钱夹里也藏进好几种毛钩，一溜烟就跑到伊豆的某个温泉去了。

四五天后，他买了好些香鱼，回到了东京。据说他钓到了两条柳叶大小的香鱼，得意扬扬地拿回了旅馆，结果刚一进门，就惹得旅馆的人们哄堂大笑。佐野君虽然被人们笑得有点儿不知所措，但还是坚持让旅馆的人给他炸了做晚饭。等炸好

[①] 拟饵钩的一种，在钩轴上用线缠上羽毛，涂漆并装上金箔进而使其状似昆虫。——译者注

的鱼端上来后，他看到偌大的盘子里只有两条小拇指大小的小片片时，终于恼羞成怒了。上我家来的时候，他也带了条肥美的香鱼给我，还恬不知耻地坦白说，那是他从伊豆的鱼店买来的。"'这么点儿大的香鱼，有人能不费吹灰之力钓上来，可我不会去钓。就这么点儿大的香鱼，被人钓上来也是情有可原，没什么可感到遗憾的。'我这么跟店家一说，他就给了我这条好鱼。"他的这番话，也颇让人摸不着头脑。

不过，除此之外，佐野君似乎还从这趟旅行中带回来另一件奇怪的特产。他说他想结婚，说他在伊豆遇见了一个好姑娘。

"这样啊。"我应道。事实上，我并不想继续听下去。我一向对别人的爱情故事不感兴趣。但凡是爱情故事，多多少少都会有粉饰加工的痕迹。

我兴致寡然地敷衍着，佐野君却丝毫不以为意，只管自顾自不停地说着那位好姑娘的事。他说话的语气坦诚直率，倒不像是在撒谎吹牛。因此，我也就勉为其难地耐着性子听到了最后。

他是在五月三十一日晚上到达伊豆的。当晚，他在旅馆喝了一杯啤酒便就寝了。第二天早上，他起得很早，扛上钓竿就悠悠然地出门去了。虽说脸上多少还带点儿倦意，但已然摆出一副十足的文人骚客派头，踏着青草，朝河边走去。草露沁凉，叫人神清气爽。登上河边的土堤，松叶牡丹与山丹花竞相开放。猛地向前一看，只见一位身着绿色睡袍的千金小姐，正赤着脚在青草上走着。她的袍子挽到了膝盖，甚至挽到了比膝盖还要靠上的部分，露出一双白皙修长的腿。啊，纯洁，美丽！就在距佐野君不到十米的地方。

"呀！"佐野君也是够憨的，心下没多想，就大声叫了起来，手还指着小姐那双吹弹可破的玉腿。小姐却并不十分惊讶，只是莞尔一笑，将袍子放了下来。或许只是例行的晨间散步吧。自己伸出去的那只右手该怎么办呢？初次相见，就拿手指着对方的腿，着实失礼至极，直教他后悔万分。"这可不行——"佐野君一副责难的语调，嘴里咕哝着这句语义不明的话，唰地走过了小姐的身旁，头也不回地快步走掉了，走着走着还绊了一跤，这才缓下脚步来慢慢走。

他下到河边，在一棵一人合抱粗的柳树下坐了下来，垂下钓线。这地方能不能钓到鱼，并非问题所在，只要这个地方足够安静，没有其他钓鱼的人就万事大吉了。露伴先生也曾说过，垂钓的妙趣，并不在于钓多少鱼上来，而在于垂钓之时，能静享四季风光。毫无疑问，佐野君对这番说法是全然赞同的。原本他就是为了练就文人的魂胆才开始钓鱼的。能不能钓到鱼，对他来说就更不是问题了。静静地垂下钓线，全身心地享受四季的风光。河水一边流淌，一边窃窃私语。香鱼嗖地游过来咬钩，又唰地转身逃走。跑得真快啊，佐野君不禁感叹。河对岸盛开着绣球花，竹丛之中，还可隐约看见红色的夹竹桃。不知不觉间，困意向他袭来。

"能钓到鱼吗？"是女人的声音。

佐野君一脸困倦地回头一看，竟是之前的那位小姐。她身穿白色的便服，站在他的身后，肩上担着一根钓竿。

"啊，哪里钓得上鱼啊。"佐野君的回答也颇为古怪。

"是吗？"小姐笑道。她看上去似乎不到二十岁，牙齿很漂亮，眼睛很漂亮，脖颈白皙，白得就像要化了一样。可爱，哪里都漂亮。她把钓竿从肩上放下来，继续说道：

"可今天是解禁日啊，就连小孩子都能随便钓上鱼来。"

"钓不上来也没关系。"佐野君把钓竿轻轻地放在了河边的青草上，抽起烟来。佐野君并不是好色的青年，而是反应比较迟钝的那种。此时，他一脸不在乎，仿佛已经不再把这位小姐当回事儿了，只是优哉游哉地在那吞云吐雾，遥望周遭的景致。

"这个，请借我看看。"小姐拿起佐野君的钓竿，把鱼钩拉到眼前，看了一眼便说，"这怎么能行呀？这不是钓麦穗鱼用的钩子吗？"

这下子佐野君感到难为情了。他索性一骨碌仰面躺在了河岸边。"一样的，用这个钩也钓了一两条上来了。"他说谎了。

"给你一个我的钩子吧。"小姐从胸前的口袋里拿出一个小包,在佐野君身旁蹲了下来,开始帮佐野君换鱼钩。佐野君则依然躺在那里,望着天上的云。

"这个钩子呀,"小姐一边把金色的小鱼钩绑在佐野君的钓线上,一边小声自语道,"这个钩子呀,名字叫小染。好的鱼钩都有自己的名字,这个就叫小染。很可爱的名字,对不对?"

"原来如此。那谢谢咯。"佐野君真是一点儿也不解风情。心下还想着,什么阿染啊,真是多管闲事。赶紧去别的地方吧。这种一时兴起的热心肠,反倒给人添麻烦。

"喏,弄好了。这次应该能钓上鱼来啦。这里可是个好地方,能钓上很多鱼呢。我一般都会在那块石头上钓。"

"小姐您是……"佐野坐了起来,问道,"东京人吗?"

"怎么?为什么这么问?"

"没什么,只是——"佐野君顿时惊慌失措,脸都红了起来。

"我呀,就是本地人。"小姐的脸也微微红了。她低着头,偷笑着向岩石那边走去。

佐野君拿过钓竿,又开始静坐垂钓,欣赏四周风景。就在这时,忽然听得扑通一声巨响。那的的确确是扑通的一声巨响。只见那位小姐整个人从岩石上掉到水里去。水一直没到了她的胸口,而她则牢牢地抓着钓竿,一边哎呀哎呀地哼哼着,一边爬上岸来。那样子着实像个浑身湿透的小老鼠,身上的白色洋装紧紧地贴在了她的两条腿上。

佐野君笑了,其实是开心地笑了。心里只是一个劲儿地幸灾乐祸,一点儿同情的成分都没有。忽然间,他又猛地收住笑声,指着小姐的胸口叫道:

"血!"

早上指的是腿,现在指的是胸。在小姐白色便装的胸口附近,染上了一片玫瑰花大小的红色渍迹。

小姐低下头,瞥了眼自己的胸口。

"是桑葚啦。"她满不在乎地说道,"在胸前的口袋里放了桑葚,本来想着等会儿吃的,这下可惜了。"

多半是从岩石上滑下去的时候,把怀里的桑葚给压扁了吧。想到这里,佐野君再次感到羞愧难当。

"讨厌,别盯着看啦。"小姐丢下这句话,就钻进河边茂密的棣棠花丛中消失不见了。第二天,第三天,她都没有再来河边。只有佐野君自己仍旧像什么事也没有发生一样,优哉游哉地在那棵柳树下赏景垂钓。他似乎并没有特别想见那位小姐。佐野君并非好色的青年,他的反应太过迟钝。

赏了三天景,想必是拜名为阿染的钓钩所赐,他也钓上来两条鱼。钓上来的那两条香鱼,依旧是柳叶一般大小。他拿了鱼，请旅馆给他炸来吃，心情却一点儿也开朗不起来。第四天，该回东京了。一大早，他从旅馆出来买特产，又碰到了那位小姐。她身穿黄色的绢丝洋装，正骑着自行车。

"早上好呀。"佐野君大声地跟她打了个招呼，一脸天真的模样。

不知为何，小姐满脸严肃，只是轻轻点了点头，就急匆匆地走了。自行车的后座上放着一束菖蒲，白色和紫色的菖蒲花被风吹得摇来摇去。

快到中午的时候，佐野君退了旅馆的房间。他右手拿着装鱼钩的钱包，左手搂着装满冰块的香鱼箱子，朝巴士停车场走去。路程大约五百米，是一条尘土飞扬的乡间小道。他走在路上，时不时地放下手中的东西，停下来擦擦汗。长吸一口气之后，又继续往前走。走了大约三百米的时候，听见背后传来声音：

"你要走了吗？"

佐野君回头一看，发现那位小姐正冲着他笑。只见她身穿黄色绢丝的高档洋装，手上拿着一面小国旗，头上别着一支人造波斯菊，甚是优雅文静。她身旁站着一个乡下大伯，穿着一件条纹木棉和服。他身材矮小，模样诚实可靠，黝黑粗壮的右手里抓着之前的那束菖蒲。原来她早上急急忙忙地骑着自行车，就是为了给这位大伯送花呀。佐野心里暗想。

"怎么样？钓到了没有？"小姐调皮地问。

"没，"佐野君苦笑道，"就因为你掉进了水里，香鱼都被你吓跑了。"对于佐野而言，这番应答就已经算得上风趣了。

"所以水都被我弄浑了吗？"小姐收起了笑容，小声嗫嚅着。

那位大伯暧昧地笑了笑，又迈开了步子。

"为什么拿着国旗？"佐野君赶紧转换话题。

"因为出征呀。"

"谁出征？"

"我外甥。"大伯回答，"昨天出发的。我喝多了，所以就在这里过夜了。"他的神情有些恍惚。

"啊，那恭喜啦。"这句话一溜烟地就从佐野君的嘴里冒了出来。战争刚刚开始的时候，对于这样的祝辞，他总是难以启齿。而现在却可以自然而然地脱口而出了。事到如今，自己的心境也终于渐渐同调了。是件好事，他心想。

"他非常疼他这个外甥的，"小姐赶忙伶牙俐齿地为佐野说明情况，"昨晚心情落寞，所以后来就在这里过夜了，也不是什么坏事呀。我想帮帮他，于是今天早上就去买了花，还拿了国旗来。"

"家里是开旅馆的吗？"佐野君天真地问。小姐和大伯都笑了起来。

停车场到了，佐野君和大伯都搭上了巴士。小姐在车窗外挥舞着国旗。

"大伯，不要难过啦，都要去出征的。"

巴士开了，佐野君莫名地想哭。

"好人，那位小姐真是个好人啊。我想和她结婚！"佐野君满脸认真地对我说。我则沉默不语，事情的来龙去脉，我已经一清二楚。

"你呀，真是个笨蛋！怎么这么蠢呀？她根本就不是什么旅馆的千金。你好好想想看，她六月一号一大早就大张旗鼓地跑出来散步，钓鱼，游玩，可其他的日子却不能出来，哪里也寻不着她。为什么？因为她只在每个月的一号休息。明白了吗？"

"这样啊，是那种咖啡馆的女招待吗？"

"那倒还好，只怕是要比那更糟。那个老伯，他看到你的时候不是一直脸红吗？是因为过夜的事才脸红的吧？"

"啊！什么嘛！原来如此！"佐野君握着拳头，咚地捶了一下桌子。他的决心似乎更加坚定了：如此看来，只能去当小说家，别无他途。

千金。这位香鱼姑娘，才是真正的千金小姐，比起那些大家闺秀来，可要好上千倍万倍。呜呼哀哉，我心中虽这么想，可付诸行动却又大抵不能免俗。这样的姑娘若是和我的朋友结婚，我一定是坚决反对的！

图书在版编目（CIP）数据

惜别 /（日）太宰治著；何青鹏译.—北京：现代出版社，2019.3
ISBN 978-7-5143-7605-0

Ⅰ.①惜… Ⅱ.①太… ②何… Ⅲ.①中篇小说—小说集—日本—现代 ②短篇小说—小说集—日本—现代 Ⅳ.①I313.45

中国版本图书馆CIP数据核字（2018）第291895号

惜　别

作　　者：[日]太宰治
译　　者：何青鹏
责任编辑：曾雪梅　申晶
出版发行：现代出版社
通信地址：北京市安定门外安华里504号
邮政编码：100011
电　　话：010-64267325　64245264（传真）
网　　址：www.1980xd.com
电子邮箱：xiandai@vip.sina.com
印　　刷：三河市中晟雅豪印务有限公司

开　　本：880mm×1230mm　1/32　　印　张：6.5
版　　次：2019年3月第1版　　　　　印　次：2021年6月第3次印刷
字　　数：114千字
书　　号：ISBN 978-7-5143-7605-0
定　　价：48.00元

版权所有，翻印必究；未经许可，不得转载